베이비부머의
반타작 인생

초판 1쇄 찍은날 2019년 5월 26일
초판 1쇄 펴낸날 2019년 5월 28일

지은이   이진훈

펴낸이   최윤정
펴낸곳   도서출판 나무와숲 | 등록 2001-000095
주 소   서울특별시 송파구 올림픽로 336 1704호(방이동, 대우유토피아 빌딩)
전 화   02)3474-1114
팩 스   02)3474-1113
e-mail   namuwasup@namuwasup.com

ISBN   978-89-93632-75-0   03810

이 도서의 국립중앙도서관 출판예정도서목록(CIP)은 서지정보유통지원시스템 홈페이지
(http://seoji.nl.go.kr)와 국가자료종합목록 구축시스템(http://kolis-net.nl.go.kr)에서
이용하실 수 있습니다. (CIP 제어번호 : CIP2019019915)

이진훈 미니픽션

베이비부머의
반타작 인생

나무와숲

이 부족한 책을
올해 100세를 맞이하신 아버님 영전과
굽은 허리로 고향 텃밭에서 스무 남짓 자손들을 위해
날마다 철마다 새 먹거리를 길러 내시는
어머님께 바칩니다.

늦은 나이에 창작집이랍시고 내려니 오랫동안 가야 할 길을 놓아 두고 다니다가 이제야 제 길로 돌아온 기분이다. 그렇다고 어떤 길은 헛걸음이었고, 어떤 길은 참걸음이었다는 것은 아니다. 다만 일찌감치 걸었어야 할 길에 대한 빚진 마음이 짙기 때문이다.

그렇다고 늦다는 생각이 들지도 않는다. 서른일곱 해 동안 후회 없이, 아니 능력에 비해 과분하게도 기쁘고 고마운 교육의 길을 걸어왔으니 이제부터는 초발심初發心으로 그동안 미뤄 두었던 문학의 길에 젖어들어도 되지 않을까 싶다. 물론 두 길을 함께 걸어도 되었을 일인데 천성이 게으르니 그저 내 탓이오 할 뿐이다.

다행히도 곧 정년을 맞으니 가을부터는 자유인으로 돌아간다. 정년을 하면 무엇을 할 것이냐는 주위 사람들의 물음에 그저 노는 것이

상책이라고 답하기는 했지만, 욕심에는 미뤄 두었던 또 다른 길에 발을 담그고 그 재미에 푹 빠지고 싶다.

미니픽션은 참 매력적인 장르이다. 2004년에 몇몇이 모여 시작한 '한국미니픽션작가회'가 10여 년 지속되어 오면서 미니픽션 장르의 독자성獨自性에 대해 많은 논의와 실험을 해보았다. 그 결과 짧아서mini 10분 내외에 '빨리, 가볍게 읽기'에 좋고, 압축적이면서도 완성된 이야기 구조fiction를 지니고 있어 '되뇌어 생각해 볼 깊이'를 지닌 장르라는 독자성을 확보하였다.

이번에 묶은 미니픽션에는 베이버부머baby boomer 세대들이 '인제는 돌아와 노년의 거울 앞에 서서' 지난 삶을 되돌아보는 내용들이 많다. 국민소득 100달러에도 미치지 못하는 시대에 태어나 이래

저래 어찌어찌 살다 보니 엉겁결에 3만 달러도 넘는 시대에 어영
부영 걸터앉게 된 세대들, 이들만큼 압축적으로 인생을 살아온
세대도 반만년 역사에 없을 것이다.

개성이 뭔지, 욜로YOLO가 뭔지도 모르게,
때에 맞춰 결혼하고 애 낳아 기르느라 애면글면,
그 애들 가르치느라 허둥지둥,
노부모 모시느라 허위허위 정형화定型化된 삶을 살 수밖에 없었던
나의 친구 베이비부머들이여!
노욕老慾을 내려놓으면 새 길이 보일 테니 이제는 좀 허리 펴고
주눅들지 말고 당당하게, 무럭무럭 늙어가기를
이 지면을 빌려 바란다.

이 책이 나오는 데 큰 힘이 되어 주신 미니픽션작가회 회원들, 나무와숲 편집진, 그리고 집안 조카라는 굴레 때문에 허접한 글에 기꺼이 멋진 해설을 써준 이경재 교수에게 감사의 마음을 전한다.

특히 문학을 바라보는 밝은 눈을 가르쳐 주신 시인 구상 선생님, 국어 교사의 바른 길을 인도해 주신 김태환 선생님, 두 큰 스승께 큰절로 보답하고자 한다.

눈부신 5월, 새 세상에 눈을 뜬 손녀를 비롯한 나의 가족들과 발간의 기쁨을 함께 나눈다.

2019년 5월 정년퇴임을 준비하며
이진훈 합장

차 례

2부 언제든 돌아갈 자신이 있다

3부 사람이 그립다

1부

반타작 인생

반타작

어제 저녁까지만 해도 말짱했던 고구마밭이 털린 것을 김 노인이 알아차린 것은 초가을 안개가 자욱이 내린 새벽녘이었다. 늘 그랬던 것처럼 새벽잠을 잃은 김 노인이 행여 마나님이 잠에서 깰세라 조용히 자리에서 빠져나와 텃밭을 돌아볼 때였다. 밤새 무릎 관절염 통증으로 끙끙거리다가 겨우 새벽녘에야 잠이 든 아내에 대한 김 노인의 배려였다.

어제 캐다 만 고구마밭 세 이랑이 밤새 고스란히 털린 것이었다. 어제 저녁, 남은 세 이랑을 마저 캐고 저녁밥을 먹자고 성화를 부리는 마나님의 등을 떠밀어 집 안으로 밀어 넣은 것이 화근이었다. 못 캘 것도 아니지만 올 들어 더욱 심해진 아내의 무릎 관절염이 걱정스러워 그랬던 것이었다. 가뜩이나 아픈 무릎을 꿇고 고구마를 캐는 모습이 너무 안쓰러웠던 것이다.

늦은 저녁을 먹고도 농막農幕 툇마루에서 모처럼 따라 내려온 마나님과 한참 동안이나 말동무를 하며 바깥바람을 쐬다 들어갔으니 고구마 도둑은 한밤중에 와서 쥐도 새도 모르게 저 짓을 해놓은 것이 분명했다. 귀신이 아니고서야 달도 없는 이 축령산 산골짜기 외진 밭에서 어찌 저렇게 고구마 넝쿨을 잔뜩 헤집어 놓고 캐간 것인지 김 노인은 혀를 내두르지 않을 수 없었다.

어제 김 노인 부부가 캐다 남긴 이랑을 마구잡이로 초토화시키고 싹쓸이를 해간 것이었다. 고추 도둑, 인삼 도둑, 벼 도둑 이야기는 농막을 다니러 오거나 소설 따위에서 듣고 읽기는 했지만 아닌 밤중에 고구마 도둑이라니, 기가 찰 노릇이었다.

어느 놈의 몹쓸 짓인지 발자국이라도 확인할 요량으로 밭고랑으로 다가가 자세히 살펴보니 사람 발자국은 간데없고 웬 짐승 발자국만 어지럽게 나 있었다. 구덩이를 깊게 판 본새를 보니 다름 아닌 멧돼지 일가족의 소행이었다. 어미의 발자국으로 보이는 것에 새끼의 발자국으로 보이는 것 여러 개가 뒤섞여 밭의 고랑과 이랑에 선명하게 찍혀 있었다. 몇 곳을 헤쳐 보았지만 고구마는 눈을 씻고 봐도 보이질 않았다. 군데군데 씹다가 뱉어 놓은 고구마만 눈을 어지럽힐 뿐이었다. 참으로 탄복해 마지않을 놀라운 솜씨였다. 이놈들이 어제 고구마 캐다 남긴 것을 지켜보다가 한밤중에 가족이 떼로 몰려와 서리를 해 먹은 것이 분명하다고, 고구마 넝쿨을 헤집으며 김 노인은 중얼거렸다.

김 노인이 고구마밭에서 머뭇머뭇 혀를 차고 있을 무렵, 매일 새벽이면 건너 교회 종 치는 시각보다 더 정확히 나타나는 수동 마을 토박이 박씨 할아버지가 밭 언덕을 올라오고 있었다.

"김 선생, 간밤에 별일 없었어요?"

언제나 첫 인사로 묻는 말이었지만 오늘따라 마치 별일이 일어 났기를 예견이라도 한 듯한 목소리로 들렸다. 김 노인의 입에서는 '네, 어르신' 하는 답이 나오질 않았다.

"어르신, 오늘은 별일이 있는 걸요."

"별일? 이 산골짜기에서 별일은 무슨 별일? 뭐 간첩이래두 나 타난 게유?"

"그게 아니고요, 간밤에 멧돼지란 놈들이 떼로 몰려와 고구마밭 을 다 헤집어 놓았습니다. 이래 가지구서야 어디 농사를 지어 먹을 수 있겠습니까?"

"아니, 김 선생! 학교에서 정년하고 이 동네로 들어와 농사짓기 시작한 것이 벌써 몇 년째인데 그런 투정을 다 하슈?"

"해마다 그렇지 않습니까? 콩을 심어 놓으면 싹이 나자마자 꿩이 란 놈이 와서 반은 파먹고, 옥수수며 과일이라고 심어 놓으면 열매 맺자마자 까치며 온갖 새들이 와 거지반 다 쪼아 먹고, 무 배추며 고추라두 심어 놓으면 무름병이네 탄저병이네 뭐네 때문에 절반 건져 먹기도 어려우니 어디 농사지을 맛이 나겠습니까?"

새벽 안개를 가르며 두런두런 오가는 두 노인의 말소리에 김 노인의 마나님이 잠에서 깨어 밖으로 나왔다.

"아이구, 아주머니도 내려와 계셨군요. 김 선생, 간밤엔 잠자리가 쓸쓸하지는 않았겠수. 아주머니, 김 선생이 뭐 교장 교감 욕심 다 버리구 정년하자마자 이 산골짝으루 들어왔다구 했는데 아직 욕심 비우려면 한참 먼 것 같우."

"영감님, 오랜만에 뵙겠습니다. 욕심을 비우려면 먼 것 같다는 말씀이 무슨 말씀이신지요?"

"아 그깟 고구마 몇 이랑을 멧돼지들이 캐먹었다구 새벽부터 저렇게 혀를 끌끌 차고 계시지 않우? 나는 팔십 평생 이 산골짝에서 땅 파먹구 살면서 씨앗을 뿌릴 때마다 반타작이나 해 먹게 해주십사 하고 저 축령산 산신령께 빈다우."

"반타작이요?"

"그래요, 반타작. 어디 농사뿐이우? 나는 마누라와도 결혼 생활을 반타작만 했다우. 스무 살에 결혼해서 쉰에 마누라 잃고 올해 팔십이니 함께 산 세월 삼십 년, 혼자 산 세월 삼십 년, 그래 이렇게 혼자 살지 않우? 어디 마누라와 산 것만 반타작인지 아시유? 자식 농사도 반타작이라우. 아들딸 모두 여덟을 낳았는데 글쎄 어려서 셋이나 잃어다우. 남아 있는 자식들 중에 제 밥 제대로 먹는 놈이 반, 이 늙은 애비 곳간만 쳐다보는 놈이 반, 그저 인생은 반타작 정도 하면 그런대로 산 것 아니겠수?"

"영감님, 자식들이 영감님 곳간만 쳐다보다니요?"

"김 선생네는 자식이 둘이라구 했지요?"

"네, 딸 하나 아들 하나, 둘입니다."

"둘 다 여의었수?"

"아닙니다. 아들놈은 여의었는데 딸년은 사십이 낼모레인데도 갈 기색조차 없습니다."

"허허, 그 댁도 반타작이구려. 나는 셋 잃고 다섯 자식을 살렸는데 그중 셋은 제 밥벌이를 해서 그런대로 먹고 살아요. 그런데 둘째 아들놈과 막내 딸년이 사는 게 좀 궁색하다우. 그러다 보니 이 늙은 애비 눈치를 슬슬 봅디다. 딸년은 그래두 눈치만 보고 있지만 아들 메누리는 아주 노골적이에요. 이 근처가 개발된다는 것은 어떻게 알아 가지구 아 글쎄 땅값 오른 김에 한 뙈기 팔아 달라고 생떼를 부려요. 새끼들 공부시키는 데 돈이 숱해 든대나 뭐래나. 김 선생께서는 교육자였으니까 잘 아시겠지만 아, 이 세상에 이름 없이 생겨난 풀 없구 먹을 것 가지구 타고나지 않는 애 없는 것 아니겠어요? 공부를 잘하든 못하든 다 나중에 먹구살 텐데 뭔 그리 할애비 땅까지 팔아 공부를 시켜야 하는지 모르겠소이다. 말이 자식 공부시킨다는 것이지 애비 곳간이며 땅뙈기 모두 털어먹겠다는 심산 아니겠어요?"

"어쩌겠습니까? 영감님이라도 땅을 잘 지키고 계셨기 망정이지 안 그랬으면 자식들이 찾아오기나 하겠어요? 지금까지 그나마 가지고 계셨으니 자식들이 와서 손을 벌리는 것이지요. 있을 때 조금씩 나누어 주세요. 잘못하면 돌아가신 뒤에 자식들 싸움판 됩니다."

"나두 그 생각 안 하는 것이 아니지요. 그래두 늙은 애비라두 남아 있어 저것들이 찾아와 조르는 것이지요. 지 어멈이 있었으면 이것저것 잘 챙겨 주었을 텐데 말입니다."

"잘 생각하셨어요. 영감님 말씀 들으니 반타작도 감지덕지로 받아들여야 맞긴 하지만 그래도 밭 갈고 씨 뿌리고 한 것이 너무 아까워서 그렇지요. 서울에서 멀지 않은 길을 오르내리며 애지중지 가꾼 것이 너무 속상해 올 가을을 끝으로 그만 두라고 저 양반께 그러는 걸요."

"아, 무신 소리요? 그래도 김 선생 같은 사람이 이곳까지 내려와 농막이라두 짓고 씨도 뿌리구 과일낭구도 심어 놓으니까 이 축령산 산짐승들이 살맛나는 것 아니겠수? 산짐승 숫자는 해마다 늘어나는데 산속에 먹을 것은 약초꾼인지 나물꾼인지 하는 사람들이 몽조리 캐가고 주워 가니 산속에 먹을 것이 없어요. 그러니 저것들이 목숨을 걸고 새끼들 데리고 예까지 내려온 것 아니겠수? 김 선생, 그저 산짐승들과 나눠 먹고 반 건져 먹는다 하구 나와 예서 계속 지냅시다. 손주놈들도 이젠 시집장가 가서 밥벌이에 바쁜지 즈이 할멈 제사 때도 제대로 못 와요. 여간 쓸쓸하지가 않아요. 이렇게 쓸쓸하던 차에 김 선생이 내려와 말동무를 해주니 여간 고마운 게 아니라우. 나 같은 농투사니두 가끔 서울 소식두 얻어 듣고 세상 물정도 배우잖우? 어디 그것뿐이우, 종종 공자 맹자 같은 문자두 얻어듣잖수?"

그 사이 수수밭에는 벌써 산새들이 내려와 맛있는 아침을 쪼아 먹고 있었고, 김 노인 마나님은 막대기를 들고 산새를 쫓으러 아픈 다리를 끌고 수수밭으로 달려갔다. 김 노인은 박씨 할아버지의 말을 귀담아 들으며 멧돼지가 달아났음직한 골짜기를 먼눈으로 바라보고 있다. 불현듯 굶주림에 지쳐 고구마밭을 마구 헤집었을 멧돼지 새끼들이 보고 싶었던 것일 게다.

한다복韓多福 선생의 다복기多福記

한다복韓多福 선생이 교통사고를 낸 것은 구정 연휴 마지막 날 귀경길이었는데, 공교롭게도 그의 신분은 공중에 붕 뜬 상태였다. 6년 넘게 재직하던 학교에는 사표를 낸 상태였고, 새로 채용이 결정된 학교에서는 아직 발령을 내지 않았다. 기독교계 학교에서 불교 신자인 그가 6년 넘게 버틴 것은 기적이었다.

사고는 그야말로 눈 깜짝할 사이에 일어났다. 왕복 2차선 도로에서 반대편 차로에 버스가 정류장에 정차해 있는 것을 본 한다복 선생은 속도를 잠깐 줄였다. 혹시나 차에서 내린 승객이 추운 날씨에 앞뒤 살피지 않고 도로를 무단 횡단할 것을 대비함이었지만 좀 더 신중했어야 했다. 버스 앞에서 건널 승객만 생각했지 버스 뒤로 뛰어나올 승객은 생각지도 못했다. 버스 앞머리와 교차하면서 가속기 페달을 밟는 순간 버스에서 내린 열 살 안팎의 사내 녀석이 버스 뒤를 돌아 길을 뛰어 건너는 것이 보였다. 한 선생은 급히 브

레이크를 밟으며 본능적으로 핸들을 오른쪽으로 꺾었다.

놀란 사내 녀석이 한 선생의 차를 피해 무사히 길을 건너 동네 안 길로 도망하듯 뛰어가는 것과, 설을 맞아 새로 구입한 자신의 애마 愛馬가 길 옆 가로수를 들이받는 것까지만 기억이 날 뿐 자신의 몸이 청룡열차에서처럼 거꾸로 매달려 있는 이유를 깨달은 것은 한참이 지나서 뒷좌석의 아이들이 울음을 터트린 뒤였다. 자동차의 바퀴는 공중을 향해 네 팔을 벌리고 있었고, 차 안의 가족들은 모두 청룡열차의 고객이 되어 있었다.

지나던 사람들이 달려와 자동차 문을 열고 안전띠를 풀고 구출해 주면서 저마다 하던 말을 한다복 선생은 지금도 생생히 기억하고 있다.

"어, 한 사람도 안 다쳤네!"

"다들 살아 있네. 기적이야, 기적!"

한다복 선생은 청룡열차에서 빠져나오면서 가족들을 둘러보았다. 맨 처음 시선이 머문 곳은 옆자리에 탔던 임신 5개월 된 아내의 복부였다. 다음으로 살핀 아내의 얼굴 표정으로 보아 천지신명의 도움이 있었던 게 분명했다. 뒷좌석에 탔던 두 딸 역시 놀라서 울음만 터뜨릴 뿐 멀쩡하게 걸었고, 몸 어디에서도 피 한 방울 흐르지 않았다. 사고를 목격하고 달려와 구출해 준 사람들의 안도의 표정 속에는 약간의 아쉬움이 감돌고 있는 듯했다. 다친 사람을 구출해 주어야 선업善業이 더 높이 쌓일 텐데 다친 사람이 아무도 없는 데서 오는 그런 아쉬움이랄까. 한다복 선생은 모든 것이 감사했고 축복을 받은 것이라 생각했다.

아내는 5개월 뒤 건강한 사내아이를 출산했고, 두 딸은 언제 그랬냐 싶게 무럭무럭 자라 주었다. 신분이 붕 떠 있는 상태에서 중상이라도 당했다면 먼저 학교에서는 그대로 사표를 수리할 것이고, 새 학교에서는 발령을 내기 전이라 채용을 취소하면 실업자 신세를 면치 못할 상황이었는데, 다친 것은 그의 애마일 뿐 모두 멀쩡하니 말이다.

수다로 둘째가라면 서러울 한다복 선생이 어찌 이런 기막힌 사건을 과장법 없이 동네방네 나발을 불지 않을 수 있겠는가. 그러나 부모님에게만은 절대로 알리지 않으려 애썼으나 사고를 수습해 준 사람 가운데 고향 군청에 다니는 집안 삼당숙三堂叔이 있어 피할 길이 없었다. 사고의 전말을 들은 사람들은 저마다 새해 덕담 겸 한마디씩 위로해 주었다.

"하나님의 보살핌이야. 우리 기독교 학교에 와서 열심히 하나님을 섬긴 때문이지."

먼저 학교 교감 선생의 덕담이었다.

"부처님의 가피력加被力이야. 한 선생 어머님이 지극정성으로 불공을 드리시더니."

고향의 이웃 아주머니들의 덕담이었다.

"삼신할머니의 도움이었어. 뱃속 아이를 잘 돌봐 주셨잖아."

한 선생 외할머니의 덕담이었다.

"조상님들의 음덕이 컸어. 자네 집안이 제사를 아주 정성스럽게 모시잖아."

한 선생 집안 내력을 꿰뚫고 있는 그의 맏동서 덕담이었다. 그의 맏동서는 한 선생 고향에서 경찰공무원으로 정년퇴임한 사람이었다.

"자네 인복人福 때문이야. 자네가 평소 선업善業을 많이 닦았잖아."

한 선생 20년 지기知己의 과장된 덕담이었다.

한다복 선생은 단 한순간도 종교 분쟁이 끊이지 않는 이 지구상에서 지금도 천지신명의 복을 독차지하며 살아가고 있다.

지공도사地空道士들의 하루

        탑골공원에서 4명의 짝을 맞춘 노인들은 종로3가 역에서 소요산행 전철에 올랐다. 출근시간이 지난 때라 객차 안이 붐비지 않았으나 그렇다고 자리가 넉넉한 것도 아니어서 자리다툼이 없지도 않았다. 소요산역까지는 한 시간도 좋이 넘는 거리라 노인들은 눈치싸움을 해야 했다. 어느 객차 할 것 없이 칠순을 훨씬 넘긴 노인들이 열에 일여덟은 됨 직했다. 젊은 축에 드는 사람들은 아예 자리를 포기하거나 눈을 꾹 감고 잠든 척을 하는 것이 상책인 상황이다.

    다행히 넷은 상노인 축에 들어 쉽게 자리를 얻어 앉았다. 설사 양보를 받지 못한다 해도 꾸벅꾸벅 졸고 있는 젊은이의 정강이를 지팡이로 툭툭 칠 기세의 노인들이다.

    자리를 잡자 셋은 오래전부터 안면을 트고 통성명을 한 사이인지 얘니 쟤니 하며 수다 삼매경에 빠져 가는데 오늘 합류한 듯이 보이는 노인만 꾸어다 놓은 보릿자루처럼 다소곳이 앉아 귀만 쫑긋 세 노인 쪽으로 기울인 채 졸며 깨며 흔들거리며 갔다.

몇 안 되는 젊은이들을 양주역과 동두천 중앙역 등에 내려놓은 전철은 종착역인 소요산역에 지공도사 노인들을 와르르 내려놓았다. 역사 밖 광장은 노인들로 가득했다. 호떡을 굽는 사람도 할아버지 할머니, 군밤 땅콩 리어카도 할아버지, 식당 주인도 역시 호호백발 노인, 노인천국이 따로 없었다. 자재암으로 올라가는 길목의 헐벗은 나뭇가지들은 늦가을 하늬바람에 몹시 흔들렸다.

네 노인은 호호백발 노인이 주방장 겸 주인인 곰탕집 안으로 들어가 익숙하게 자리를 잡고 앉았다.

"영감, 우리도 한 상 주소."

강 노인이 소리치자 최 노인은 국물 좀 넉넉히 담으라며 뒤를 받았다. 질세라 권 노인은 '빨간 두꺼비 네 병'이라고 외쳤다. 순식간에 김이 모락모락 오르는 수육 한 접시에 뜨끈한 곰탕 뚝배기 넷, 그리고 빨간 뚜껑의 소주 네 병이 차려졌다. 비단 네 노인의 상만이 아니었다. 식당을 꽉 채운 노인들의 상마다 메뉴는 똑같이 수육 한 접시에 국물 네 그릇이다. 다만 몇몇 자리에는 화장이 짙은 할머니가 한둘 섞여 앉기도 했다.

"자, 우선 한 잔들 합시다. 나는 강길수요. 박 영감님이라고 했지요? 갑술생 개띠라고 하셨지요? 우리 넷은 모두 갑장입니다. 갑장끼

리가 말 트기 좋고 제일 편해요."

"예, 박두식입니다. 1934년에 태어났으니 올해 여든다섯이나 먹었습니다. 반갑습니다."

"에이, 갑장! 그냥 트구 지내자구. 나 최영식일세. 환영하네. 동두천이나 온양온천이나 넷이 짝지어 와야 식당에서 1인당 만 원, 총 4만 원 내고 푸짐하게 먹을 수 있다구. 우리 팀 영감 하나가 얼마 전 저세상으로 갔어. 그 영감 참, 그 좋은 데 가려거든 우리 넷이 함께 손잡고 같이나 갈 것이지 혼자 도망을 가! 우린 언제 저세상 가서 세 끼 밥 걱정 않고 편히 살꼬? 아무튼 그래서 오늘 박 영감이 개띠라고 해서 탑골공원에서 포섭한 것이라구. 앞으로 자주 보자구. 주머니에 만 원만 얻어 가지구 나오라구. 좋잖아?"

"최 영감, 자네는 선친께서 오래오래 잘 살라고 길 '영永' 자 영식으로 이름을 지어 주었다면서? 그런데 어쩌자구 제로 '영零' 자 밥 '식食' 자, 집에서 밥 한 끼 못 얻어먹는 '영식이' 신세가 되었나?"

"예끼 이 영감탱이야, 못 얻어먹는 게 아니구 내가 안 먹는 거야, 안 먹는 거! 아들놈도 아침 한 끼 제대로 얻어먹지 못하구 출근하는데 다 늙은 메누리한테 꼬박꼬박 아침밥 챙겨 달라기가 뭣해서 눈뜨자마자 빠져나오는 거라구. 아, 메누리 사랑은 시아부지라는 말도 있잖은가! 그런 자네는 영식이 신세 아닌감! 이 영감이 지 꼬라지를 모르네!"

권 영감이 박 영감에게 술잔을 건넨다.

"박 영감, 당신은 아침 제대로 얻어먹고 나왔소? 우리 셋은 이 점심이 하루 식사야. 탑골공원에서 만나 지하철 공짜로 타구 동두천으루 갔다 온양으로 갔다 하며 노닥거리다가 해질녘 지나 집에 들어가면 되네. 이름하여 지공도사들이란 말이오. 그런데 탑골공원에서 못 보던 얼굴인데 그 동안은 어디에서 어떻게 지내셨소?"

"아침이야 먹고 나왔시다. 얼마 전에 우리 할멈이 먼저 갔어요. 할멈이 없으니까 영 허전하두만요. 어디 딱히 갈 데도 없구, 나 혼자 먹자구 밥 하기두 귀찮구요. 할멈과 살던 집 한 채 팔아 실버타운으로 들어가려 했더니 한사코 아이들이 반대합디다. 그래서 애들 뜻대로 집을 팔아서 절반은 나를 받아 준다는 큰아들을 주고 나머지 절반은 고루 나누어 주었지요. 그리고 나는 큰아들네로 들어갔습니다."

박 노인의 말이 끝나자 세 노인은 모두 입을 맞춘 듯이 같은 말을 내뱉었다.

"아들 집에서 몇 달이나 버틸 수 있을까? 수중에 돈은 좀 챙겨 놓았수?"

세 노인의 말을 귀담아 들었는지 말았는지 박 노인은 소주를 한 잔 벌컥 들이키고는 입술을 앙다물었다.

"박 영감, 눈치로 한평생을 살아왔는데 말 안 해도 우리는 척이지. 일렀거나 늦었을 뿐이지 우리도 다 비슷비슷한 길을 걸어왔다우. 아무튼 하루 만 원만 들고 탑골공원으로 나올 수 있는 액수만큼은 꼭 챙기슈. 하루 만 원만 있으면 지하철 공짜겠다 사방팔방 유람 댕기며 이렇게 노는 것이지. 그것마저 떨어지면 그땐 긴 줄 끝에 서서 덜덜 떨며 무료 급식이나 얻어먹어야 된다구."

　한참 동안이나 멍하니 바람 드센 소요산 정상을 응시하던 네 노인은 박 영감의 제안으로 술잔을 부딪쳤다.

　"지키자, 만 원!"

강 건너 파라다이스

오늘도 조동파 사장은 새벽 댓바람부터 뭐 마려운 똥강아지처럼 좌불안석, 안절부절못하고 전전긍긍이다. 이리 뒤척거리고 저리 뒤척거리다가 마나님으로부터 '또 온 동네 젊은 여자들 도망가게 만들 일 있냐?'며 축구 하러 나가기만 하면 오늘로 당장 쫓겨날 줄 알라는 호통을 들어 놓았으니 선뜻 이불을 박차고 나갈 엄두를 내지 못하고 있다. 벌써 몇 주째 일요일 새벽만 되면 이 모양이란 말인가. 온몸이 근지럽고 좀이 쑤셔서 견딜 수가 없는 노릇이지만 엄처시하에서 일요일 새벽에 운동장으로 달려 나가기란 영영 글러 버린 듯했다. 이미 집에 있는 운동복은 물론 차 트렁크에 숨겨 놓은 축구화까지 불쏘시개가 된 지 오래다.

꼼짝없이 바로 누워 동그마니 눈만 말똥말똥 뜨고 있자니 네모난 천장 모습이 영락없이 축구장이다. 개 눈에는 뭐만 보인다고 이십여 년 조기축구 회원 조 사장 눈에는 네모난 공간만 보면 모두 축구

베이비부머의
판타각 인생

장으로 보일 뿐이다. 축구장만 생각하면 도무지 발보다 먼저 입이 근지러워 참을 수가 없다. 당장이라도 입 밖으로 온갖 쌍욕을 뱉어 버릴까 하다가 옆에 누운 마나님의 쌍심지 눈이 아른거려 순간 입이 굳어 버린다.

이십여 년이 흐르는 동안 수없이 드나들었던 회원들의 얼굴이 천장에 그려졌다. 호기롭게 찾아왔다가는 몇 주 지나지 않아 마누라의 바가지를 견디지 못하고 떠난 회원들이 그중 제일 많았다. 일요일만 되면 새벽에 기어 나와 밤중이 되어서야 비틀비틀 들어가는 남편을 곱게 보아줄 젊은 마누라가 이 세상 천지에 어디 있을까하는 생각으로 이해해 준 적이 허다했다. 등산 모임이 그렇고 골프 모임이 그렇듯이 축구도 경기보다는 경기 이후의 프로그램이 더 화려했고, 회원들을 유혹한 것이 사실이었다.

작은 읍내에서 선거 때마다 세력 과시를 하는 데 이보다 더 좋은 모임이 없고, 저마다 조그마한 전방 하나 차지하고 사업 합네 하는 영세사업자들이 대부분이다 보니 상부상조의 뜻도 깊었다. 오죽하면 읍내에서 젊은 남자치고 빅토리조기축구회 회원이 아니면 어디가 부실해도 부실한 것이 분명하니 돈도 빌려주지 말라는 소리가 돌기까지 하였으니 회원들의 결속력은 지구가 반쪽이 나도 깨지질 않을 또 다른 모임으로 칭송될 법도 했다. 더구나 등산이나 골프와는 달리 축구는 몸과 몸이 부딪치는 과격한 운동이다 보니 동료애가 남다를 수밖에 없었다.

　이러다 보니 자연 아침 운동이 끝나면 해장국집으로 몰려가 함께 점심을 먹으며 우의를 다졌고, 한두 잔씩 마신다는 게 대낮부터 2차 3차 되기 일쑤요, 또 나이 지긋한 몇몇은 개장국집 뒷방으로 몰려가 별 총총 빛나는 한밤중까지 동양화 공부에 열중하다가 마나님들에게 붙들려 가기도 하고, 또 나이 젊은 몇몇은 읍내 바닥이 좁다며 삼삼오오 짝을 지어 강 건너 신도시 유흥가로 빠져나가 밤을 꼴딱 새우고 돌아와 앞집 뒷집 할 것 없이 동네가 떠나가게 부부싸움을 벌이는 게 일요일에 볼 수 있는 흔한 풍경이었다. 이러니 동네 곳곳에 일요 과부님들이 즐비할 수밖에 없는 노릇이었다.

　사실 조 사장의 축구 실력은 그저 그럴 뿐이다. 조기축구회 멤버 중 유일하게 오십을 넘긴 나이도 나이려니와 술에 절고 도박에 곯아 공보다 몸이 먼저 구르는 일이 항다반사라 회원 간의 연습 경기면 몰라도 다른 팀과의 친선경기나 군 대항 생활체육대회 출장은 언감생심, 회원들의 절대 반대 속에 벤치에 앉아 소리만 고래고래 지를 따름이었다.

　벌써 몇 년째 회원들의 눈총과 따돌림을 받으면서도 조 사장이 빅토리축구회 고문으로서 굴욕의 이십 년을 넘게 버텨온 데는 그만한 이유가 있기는 했다. 오십 평생 살아오면서 그가 뱉어내고 싶은 욕을 마음껏 질러대는 곳이 바로 이 빅토리조기축구회요, 운동장인 것이다. 삼사십대가 주축인 이 모임의 창설 멤버인 데다가 좌장인 그가 다른 지역으로 경기를 갈 때마다 자신이 운영하는 관광 회사 버스를 내주고 식대까지 보태 주니 회원들은 그의 욕설을 자신들을 향한 좌장의 격려요 찬사로 들어주고 있으니 거칠 것이 없는 터이다.

아버지라면 몰라도 어머니가 돌아가셔도 깰 수 없다는 골프 약속 부럽지 않은 결속력을 다지며 정예 멤버만 남게 된 조 사장의 빅토리조기축구회가 지난달 하루아침에 파탄이 나고 말았다.

강 건너 신도시를 드나들며 속을 썩인 젊은 회원들의 마나님들이 부부싸움에 지쳐 지난달 꽃 피고 새 우는 곡우 무렵 도원결의를 감행한 것이었다. 도대체 남편들이 삼삼오오 짝을 지어 찾아가는 강 건너 신도시에는 무슨 천국이 있기에 저 난리인지 자신들도 한 번 가보자고 의기투합을 했다. 일요일마저 혼자 집구석에서 아이들과 지지고 볶아 가며 오지도 않는 남편을 턱 받치고 기다리는 것은 남녀평등에 위배될 뿐만 아니고 시대에 뒤떨어진 삶이라는 데 의견의 일치를 보았다는 것이다.

어느 회원의 아내가 남편의 주머니에서 찾아낸 라이터에서 '파라다이스 나이트클럽'을 확인한 마나님들은 그곳을 찾아가기로 했다. 누군가는 어디선가 들었다며 그곳은 '뚜껑이 열리는 곳'이라고도 했다. 그러자 모든 마나님들이 '그럼 우리도 오늘 뚜껑이 열리는 거야?' 하며 여전사들처럼 몰려간 것이 발단이었다.

　신도시의 파라다이스는 말 그대로 천국이었다. 시골 읍내 노래 방과는 사뭇 달랐다. 끊임없이 웨이터들이 들락거리며 미인들끼 리만 오셨으니 오늘밤 술값은 걱정 말라며 연신 부킹을 주선했다. 주말이 바뀔 때마다 젊은 마나님들의 복색이 달라졌고, 향수가 점 점 짙어 가는 것에 맞춰 남편들은 남편들대로 아내들의 바가지로 부터 해방이 되어 귀가 시간이 점점 늦어져만 갔다.

　읍내 고샅길마다 누구누구는 강 건너 신도시 성형외과를 드나 들고 있다는 소문이 꼬리에 꼬리를 물고 번져 나갔다. 또 얼마 뒤에 는 매주 비싼 술과 안주 값만 남자들에게 떠안기고 줄행랑친다는 소위 '먹튀족'을 찾아 읍내를 수소문하고 다니는 수상한 남자들이 있다는 소문이 퍼지기 시작한 지 얼마 지나지 않아 여전사 마나님 들이 한꺼번에 야반도주해 버리는 사건이 터진 것이었다. 읍내는 발칵 뒤집혔고, 소문은 꼬리에 꼬리를 물고 확대 재생산되었고, 빅 토리조기축구회는 자동 해체의 운명을 맞았다.

　조 사장의 마나님은 젊은 회원들의 골목대장 노릇을 하며 유흥가 로 내몬 남편에게 이 사건의 궁극적 책임을 씌워 금족령을 내려 버린 것이었다. 파라다이스파 먹튀족 아내들이 야반도주한 진짜 이유 에 대해 젊은 회원들이 함구하는 것은 물론 경찰에 실종 신고조차

베이비부머의
반타작 인생

하지 못하고 있는 사실에 대해 조 사장의 아내는 알 듯 모를 듯한 말로 남편만 달포 넘게 윽박질러 온 것이었다.

"그년들 다시는 그런 아랫도리 가지고 얼굴 들고 이 읍내에 나타나지 못할 것이니 젊은 녀석들에게 마누라 기다리지 말고 혼자 애기르며 살아 보라구 그래요. 들리는 얘기로는 허구헌 날 여자들에게 술값 바가지만 쓰던 남자들이 한 날은 복수를 한다며 뭐 물뽕이래나 물똥이래나를 술에 타 먹이고 여자들 아랫도리에 아주 몹쓸 짓을 해놨답디다. 그년들 그렇게 된 것, 그게 다 누구 책임이에요? 그놈들도 그놈들이지만 젊은 애들 왕초 노릇하며 술 사주고 돈 대주며 으스대던 당신이 단초이니 아예 '축구의 축' 자도 내 앞에서 꺼낼 생각 말아요! 아예 내일부터는 에미 잃은 동네 애들 모아놓고 놀이방이나 차리든지."

기쁜 나의 저승길

　　"우리 한의원에 처음 오셨지요? 어디가 불편하신가요?"

　　"칼질을 많이 해서 그런가 오른쪽 어깨와 팔꿈치가 많이 아프네요. 전에는 웬만큼 칼질을 해서는 안 그랬는데 이젠 나이를 먹어 그런가 여기저기 아프네요."

　　"칼질이라니요? 무슨 일을 하시기에 칼질 때문에 어깨와 팔꿈치가 다 아프십니까?"

　　"제가 조그만 일식집을 운영하는데 오늘 오전 내내 생선초밥 1,004개를 썼더니 영 팔꿈치며 어깨를 돌릴 수가 없네요. 작년까지만 해도 안 그랬는데 낼모레가 육십이다 보니 이젠 하루하루가 다르네요."

　　"1,004개요? 무슨 초밥을 1,004개나? 경제가 어렵다는데 그 일식당은 장사가 아주 잘 되나 봅니다."

"그건 아니고요. 제가 어느 대학병원에서 매년 자선바자회를 할 때마다 생선초밥 1,004개를 후원합니다. 오늘 새벽부터 모든 직원들이 나서서 생선 잡아 초밥을 만들었더니 이렇게 됐습니다."

"대단하십니다. 어디 한번 보지요. 오른팔을 등 뒤로 해서 최대한 올려 보세요."

정철은 원장이 시키는 대로 오른팔을 등 뒤로 올려 봤지만 절반도 못 미쳐 통증이 심해져 더 이상 올릴 수가 없었다. 원장이 오른팔 팔꿈치 주변을 꾹꾹 눌러 가며 아픈 곳이 있으면 말하라고 했는데 팔꿈치 바깥쪽을 눌렀을 때는 말보다는 눈물이 먼저 찔끔 흘렀다.

"이건 소위 말하는 테니스 엘보, 즉 바깥쪽 상과염입니다. 퇴행성이기도 하고, 팔꿈치 관절을 자주 사용하는 직업 종사자들에게서 흔히 나타나는 증상이기도 합니다. 근육과 뼈가 만나는 부위에서 발생하는 통증이지요. 초밥을 1,004개나 만드셨다니 무리를 하신 것이지요. 또 어깨는 피로 누적으로 인한 회전근개파열 같으니 침과 부항, 물리치료를 통해 잡아 보겠습니다."

원장은 먼저 팔과 어깨에 침을 수십 군데 찔러 놓고 다른 방으로 옮겨갔다. 다른 방이라야 커튼 하나 사이의 침대라 다른 환자와 원장이 주고받는 대화를 애써 엿들으려 하지 않아도 절로 귀에 들어왔다.

"아이구, 할아버지 오랜만에 오셨네요?"

"오늘이 월급날이잖아요. 한 달 동안 도시락 배달해서 이십사만 칠천 원을 받았어요. 원래는 이십칠만 원을 받는 건데 무릎이 아파 며칠 쉬었더니 그걸 까고 주더라고요. 그래서 얼른 왔잖수? 결근하면 월급이 깎이니 벌침 주사라도 맞고 버티게 오늘은 양 무릎에 두 방 놔주세요."

"그러시죠. 그러나 무엇보다 식사를 거르지 말고 잘 잡수셔야 합니다. 식약동원食藥同原, 밥이 곧 보약인 것 잘 아시잖아요? 도시락 배달도 너무 무리하지 마세요."

"무리하지 않을 수 있나요? 나라에서 늙은이들에게 주는 기초 연금이 이십만 원인데 그걸루는 지하 단칸방 방값도 안 되니 걸어 다닐 수 있을 때까지는 절뚝거리면서라두 해야지요. 약값이 한두 푼 들어야 말이지요."

"아무튼 오늘은 봉독 주사까지 놓아 드릴 테니 돈 아끼듯이 몸도 아끼면서 사셔야 오래오래 사십니다."

"오래라구요? 아유, 사는 게 넌덜머리가 납니다. 죽는 주사가 있다면 그거나 한 대 놓아 주시면 좋겠구만!"

치료를 먼저 마친 정철은 옆방 노인이 나올 때까지 대기실에서 기다렸다. 원장 말대로 밥이 보약인데 노인에게 저녁밥이나 한 그릇 따뜻하게 대접해 드릴 요량이었다.

"어르신, 치료 잘 받으셨어요? 제가 어르신께 저녁식사를 대접해 드려도 될까요?"

"예? 누구신데 내게 저녁을 대접해요? 가만 있자, 혹시 요 아래 성당 옆에 있는 일식집 사장 아니시오?"

"예, 맞습니다만 어떻게 저를 아세요?"

"아다마다요! 왜 매달 한 번씩 우리 동네 노인정 늙은이들에게 식사를 대접해 주지 않수? 내가 그 노인정에 나가는 늙은이라우."

"아, 그러세요? 워낙 여러 군데 노인정 어르신들께서 오셔서 몰라 뵀습니다. 마침 잘 되었습니다. 저도 어르신 옆 침대에서 치료를 받다가 우연히 어르신 사정을 들었습니다. 그래서 저녁이라도 한 끼 따뜻하게 대접해 드리려고 기다렸습니다. 함께 가시지요."

"아이구 이런! 이렇게 고마울 데가 있나? 배 사장이라고 했지요? 내가 배 사장 식당에 가서 그 맛있는 초밥에 갖가지 음식을 다달이 얻어먹을 때마다 부끄럽기 짝이 없었는데 오늘 또 이렇게 병원에서까지 만나 신세를 지다니. 배 사장, 부끄럽기 짝이 없소이다."

"어르신, 무슨 말씀을요. 아무튼 저희 식당으로 가시지요."

한의원에서 나와 식당에 도착할 때까지 정철은 노인의 손을 꼭 쥐고 놓지 않았다. 일식당 주인의 차가운 손에 미적지근하나마 노인의 온기가 따스하게 전해져 왔다. 한 번도 느껴 보지 못한 아버지의 손길이라면 이런 것이 아닐까 순간 눈물이 핑 돌았다.

"여보게 배 사장, 내가 단도직입적으로 말하겠네. 반말 한다고 고까워 마시게. 나 북창동 칼잽이 출신 김복만이네. 한때 전설의 칼잽이라구 그랬지. 소위 4대문파 어쩌구저쩌구 하던 시대였다네. 배 사장 세대는 일식계의 까마득한 후배지."

"아니 그럼, 어르신께서 말로만 듣던 그 김복만 선생이시란 말씀입니까?"

"그렇다네. 내가 김복만일세."

"왜 진작 말씀을 안 해 주셨어요?"

"남부끄럽고, 챙피해서 그랬다네. 이렇게 늙어서 옛 동료는커녕 가족들에게조차 버림받아 오갈 데 없는 처지가 되어 밥이나 축내는 처지에 까마득한 후배인 자네 앞에서 '나 북창동 김만복이오!' 할 수가 없었다네. 처음 자네 식당을 찾을 때 차마 발길을 문 안으로 들여놓기가 죽기보다도 싫었네만 체면보다는 굶주린 배를 채우는 일이 급급해서 문턱을 넘었다네. 중국집이었거나 한식당이었다면 거리낌이 없었을 텐데 하필 일식당이었으니 내 알량한 자존심 때문에 머뭇머뭇한 것이지."

"에이, 어르신 무슨 말씀을요. 우선 이 따뜻한 국과 생선초밥 좀 드시고 말씀하세요. 마침 좋은 민어가 들어왔으니 오늘 대선배님께 민어탕 한번 근사하게 끓여 올리겠습니다."

"자꾸 이러면 내가 정말 몸둘 데가 없다네. 내가 그동안 한 달에 한 번 배 사장 식당에 공짜 밥 얻어먹으러 드나들 때마다 동네 노인들에게 귀동냥으로 배 사장에 대해 얻어들은 것이 많다네. 가끔 신문에서도 미담 기사를 보았고. 어떻게 그리 착한 일을 많이 하고 또 기부를 하면서 살 수 있으신가? 정말 존경스러우이."

"아닙니다, 어르신. 다 저희 집을 찾아 주시는 손님들 덕이지요. 저는 그저 손님들 심부름이라고 생각하고 있습니다."

"배 사장, 내 인생을 뒤돌아보면 후회막급일세. 왜 노래에도 있지 않은가? '난 참 바보처럼 살았군요'라는 거. 내 인생이 꼭 그렇다네. 염치없는 청이네만 소주 한 병 부탁해도 되시겠는가? 오늘따라 술 없이는 밥이 목을 넘어가지 않을 것 같네."

"그럼요, 어르신. 드리다마다요. 아직 저녁 영업 시간이 많이 남았으니까 저도 선배님과 두어 잔만 하겠습니다."

"고맙네, 정말 고맙네. 나도 단칸 지하방에서 월세 밀려 가며 독거노인 도시락 배달로 근근이 풀칠하며 사네만 정말 어려운 늙은이들이 많더라고. 노크를 했을 때 반갑게 문을 열어 주는 늙은이는 그래도 나은 편, 자리에서 일어나지도 못하고 발치 끝을 가리키며 두고 가라는 할마씨도 있고, 밥상 좀 차려 달라는 홀애비도 있다네. 전날 두고 왔던 도시락 가방이 문밖에 그대로 있을 때는 가슴이 섬뜩하기도 하지. 이렇게 도시락 배달 다니며 발견한 주검만도 둘이나 돼. 남의 일이 아니라는 생각부터 들더라구. 다음에는 내 차례지 싶을 때도 있고. 그래도 나는 절뚝거리기는 하네만 걸어 댕길 수 있으니 여간 다행이 아니라네. 나도 얼마 안 있으면 누가 배달해 주는 도시락으로 입에 풀칠할 날이 오겠지만서두."

"자, 이 민어탕두 좀 드시면서 한 잔 더 하세요."

"고맙네, 정말 염치없이 고맙네. 내가 자네 나이 때는 이 세상을 다 가진 듯했다네. 나이 오십에 북창동에서 주방장 생활을 접고 내 식당을 차렸지. 내 단골손님들이 자꾸 개업하라고 부추겼거든. 내 실력이면 어디를 가도 성공할 것이라고. 얼마든지 투자할 테니 돈 걱정 말고 개업하라고. 그래서 몇 사람 돈을 투자 받아 역삼동에다 멋지게 차렸지. 정말 한 십 년 동안 전설의 칼잽이로 불리며 긁어모았지. 내 주변에 사람들이 들끓었다네. 그때부터 내가 거들먹거리기 시작한 것이야. 외식산업 최고위과정 어쩌구저쩌구 하는 대학 문을 드나들며 여자도 가까이 했지, 손님들 꾐에 도박에도 손을 대지 않나, 실장과 주방장에게 가게를 맡기고 룸싸롱으로 골프장으로 나돌아댕기기 일쑤였지. 낌새를 알아챈 전주들이 돈을 회수하기 시작했고, 역삼동 일식집이 잘 된다니까 우후죽순 격으로 경쟁업체가 들어서면서 나는 나락의 길로 접어들었지. 아차 싶었을 때는 이미 때를 놓친 뒤였다네. 정신을 차리고 보니 가족마저 모두 내 곁을 떠났다네. 말년이 너무 고통스럽고 외로워. 그 많던 사람들이 다 떠나가 버렸어. 누구를 원망하겠나? 가장 두려운 것이 지하방에서 혼자 죽어 썩어문드러지는 것이 아닌가 하는 것일세. 그나저나 자네는 어떻게 이렇게 성공을 했나? 젊은 시절 고생이 이만저만 아니었다는 이야기를 들었네만."

"성공은 무슨 성공을 했습니까? 그냥저냥 먹고 사는 것이지요.

선배님도 이 세계에서 잔뼈가 굵으신 분이라 아시겠지만 일식집 뒷주방 시다바리 하다가 앞주방으로 나가는 것이 얼마나 어렵습니까? 저는 초등학교를 졸업하고 열네 살에 식당으로 들어왔습니다. 식당에서 일을 하면 최소한 굶어 죽지는 않을 것이라고 생각했던 것이지요. 죽어라 일만 했습니다. 점심식사 때가 끝나고 저녁 영업 전까지 쉬는 시간이면 선배들은 근처 운동장에서 볼을 차고 여기저기 놀러 다닐 때 저는 뒷주방에서 혼자 남아 초밥 만드는 일이며 생선을 잡아 회 뜨는 연습을 하였습니다. 그렇다고 진짜 생선을 가지고 할 수는 없었지요. 주방에 남아 있는 다꾸앙을 가지고 회 뜨는 연습을 했고, 쓰다 버린 무채를 가지고 초밥 쥐는 연습을 했습니다. 동료들은 축구를 함께 하지 않는다고 저를 따돌렸습니다. 얻어터진 적도 많았지요."

"쉽지 않았을 텐데."

"그럼요. 주인은 생선이 없어졌다고 트집을 잡고, 주방장은 주방 청소를 게을리한다고 억지를 부리며 때리고. 이리 채이고 저리 터졌지만 이를 악물고 버텼습니다. 제게는 꿈이 있었거든요. 무슨 일이 있어도 하루라도 빨리 앞주방으로 나가야 한다는 것이었습니다. 앞주방으로 나가야만 돈을 더 만질 수 있기 때문이었습니다. 당시 제 월급이 십만 원 갓 넘었는데 앞주방 요리사가 되면 손님들에게 받는 팁만 몇 배가 되는 것을 두 눈으로 똑바로 보았거든요. 돈도 돈이지만 앞주방에 나가야 손님들의 명함을 받을 수 있었거든요."

"아니 명함은 받아서 무엇 하게?"

"언제까지 남의 식당에서 종업원 노릇만 할 수 없었으니까요. 나도 언젠가는 어엿한 식당을 차릴 꿈을 가지고 있었지요. 논 한 배미, 밭 한 뙈기 없는 고향을 일곱 식구가 떠난 이유가 굶지 않으려는 것이었는데 누구 하나 배불리 먹을 수 있는 가족이 없었어요. 제가 6남매 막내였는데 내가 기어이 돈을 벌어 어머님을 모시고 살아야겠다고 생각했지요. 개업을 하면 제게 명함을 주신 분들을 제 고객으로 확보하기 위한 것이었습니다. 틈만 나면 명함을 주신 고객들에게 안부 편지를 썼지요."

"장하구만. 그래 기어이 개업을 했겠구만."

"네, 이 식당을 개업한 지 24년 되었지요."

"신문에서 보니 지금까지 기부한 액수가 수십억 원이 넘는다고 하던데 그게 24년 동안 가능했단 말인가?"

"부끄러운 이야기입니다만 개업을 해서 오늘까지 설날이고 추석이고 단 하루도 쉰 날이 없습니다. 처음에는 어머니와 함께 우리 가족이 굶지만 않으면 된다는 생각에 일만 해댔지요. 오십 살이 되기까지는 열두 살에 떠난 고향을 다시 밟아 본 적도, 학교 졸업이라야 초등학교가 다이긴 하지만 그 흔한 동창회에도 나간 적이 없었습니다. 일에 미쳐 식당 안에 갇혀 혼자 지냈습니다. 워낙 제가 가난하게 살았기 때문에 배불리 먹을 수만 있다면 다른 욕심은 다 버려도 괜찮다고 생각했거든요. 그런데 저를 찾아 주신 손님들 덕에 한두 푼 돈이 모이다 보니 어려운 이웃들이 눈에 보이더라구요. 밤 한 톨도 나누어 먹을 줄 알아야 한다는 어머님의 가르침도 있었구요. 그래서 한두 사람, 한두 군데 후원하다 보니 여기까지 왔습니다. 지금은 이 식당을 운영해서 생기는 이익 모두를 이웃돕기에 쓰고 있습니다."

"아이구, 내가 부끄럽네. 나는 젊어 흥청망청하다가 늙어 혼자되고, 배 사장 자네는 젊어 혼자 이 식당에 갇혀 일벌레로 살다가 많은 이웃을 얻었구만."

"제 나이 오십이 넘으면서부터 고향 분들도 초등학교 친구들도 우리 식당을 자주 찾아 주고 있습니다. 물론 저는 지금도 어디를 가지는 못합니다. 그 흔한 해외여행 한 번 가족과 함께 간 적이 없는걸요. 그래두 어르신께서는 한때 꿈같이 사시기는 했네요."

"다 일장춘몽이지. 그나저나 참 대단하이. 배 사장! 자네를 만나 이야기를 들어 보니 내가 하루빨리 죽어야 내 부끄럼도 사라질 것 같네."

"에이, 어르신 무슨 그런 말씀을 하세요. 언제든 출출하시면 노인정 어르신들과 삼삼오오 오세요. 내 후배네 집으로 맛난 것 먹으러 가자고 당당하게 자랑스럽게 오세요. 제가 아버님처럼 모실 테니 가끔 전설의 김만복 시절에 생선 다루던 비법이나 전수해 주세요."

"아닐세, 내가 무슨 얼굴을 들고 다시 여기를 오겠나? 나 오늘 정말 기쁜 마음으로 돌아가네. 내가 못한 일을 자네 같은 훌륭한 후배가 하고 있는 것을 본 것만으로도 저승 가는 길이 두렵지 않을 것이네. 정말 고맙네, 배 사장!"

돌아온 몸짱

뚱뚱보 최감량 씨가 모 방송국의 목숨을 건 '다이어트 100일 작전'에 참가 신청서를 제출한 것은 다니던 버스 회사에서 체중 과다로 권고사직을 당한 지 대여섯 달 뒤였다. 해마다 실시되는 건강 진단에서 3년 연속 부적합 판정을 받았기 때문이었다. 버스 운전기사인 감량 씨는 몸무게가 무려 쌀 한 가마니 반도 넘는 130킬로그램이었다.

먹을 것이 풍족하지 못했던 옛날이야 쌀 한 가마니 무게인 80킬로그램이 넘게 나가면 장군감이라고 치켜세우기도 했으나, 요즘은 게으른 사람 대접은 그나마 양반 대접이고, 자기 관리조차 제대로 못하는 등신 취급까지 당하는 시대가 되었다.

그러니 수십 명의 승객을 태우고 곡예 운전을 하다시피 도심을 누벼야 하는 시내버스 기사로 어느 회사에서 그를 살려 두겠는가. 130킬로그램을 넘긴 그의 몸으로는 순간순간 닥쳐오는 위급 상황을 순발력 있게 대처하기는커녕 급커브를 돌기 위해 핸들을 조작하려면 늘어진 뱃살에 운전대가 파묻혀 몸이 먼저 돌아가기 일쑤였다. 언제인가부터 몇몇 단골 승객들은 버스가 운전기사의 몸무게를 지탱하지 못해 운전석 쪽으로 전복되지나 않을까 노심초사하는 눈치였다. 눈치 주는 정도라면 목숨을 걸고라도 회사에 끝까지 붙어 있었을 텐데, 아 그놈의 승객들이 이 버스를 타다가는 출근길에 언제 저승길로 직행할지 모르겠다며 전화까지 한 것이 회사에서 쫓겨난 결정적 화근이었다.

그렇다고 감량 씨라고 해서 할 말이 없지는 않았다. 버스 기사로 취직할 때만 해도 그는 대한민국 남자의 표준 체중을 조금 넘기기는 했지만, 아내의 눈을 현혹시켜 결혼까지 골인할 만큼 탄탄한 '몸짱'에 '얼짱'이었다. 이런 남편을 수십 대 일의 경쟁률을 뚫고 차지했던 감량 씨 아내는 신혼 초부터 행여 밀려난 경쟁자들이 남편을 다시 유혹해 오지 않을까 불안, 초조, 긴장의 세월을 보내야만 했다. 오죽했으면 몸짱 얼짱 남편 감량 씨가 출근할 때마다 아파트 엘리베이터 앞까지 쪼르르 달려나와 '바람피우지 마!' 하는 소리가 매일매일의 인사말이 되었다.

결혼 후 두 딸을 낳고 그 식솔들을 먹여 살리려 새벽밥을 허겁지겁 쑤셔 넣고 출근하면 오전 내내 버스 안에서 발 한 번 제대로 뻗지 못하고 앉아 있어야 하는 시내버스 기사 노릇은 지옥이나 다름없었다. 점심은 배차 시간에 쫓겨 선 채로 냉수 들이켜듯 국에 만 밥을 마셔대다 보니 소화라고 제대로 될 것이며, 운행 중에 목이 탄다고 냉수인들 마음껏 마실 수가 있을까. 시흥동을 출발하여 동대문을 돌아 다시 시흥동 종점으로 되돌아오려면 세 시간 넘게 걸리는 긴 노선이었으니 마음껏 냉수를 들이켰다가 중간에 생리 현상을 해결할 수가 없어 큰 낭패에 빠진 적이 한두 번이 아니었다. 고역도 그런 고역이 없었다.

무슨 놈의 나라가 이리도 집회가 많은지 도심에 큰 집회라도 있어 교통이 막혀 버리면 오줌보와 똥집이 터져 나가는 고통을 감수해야만 했다. 뱃속에 쌀 반 가마니 정도의 기름 덩어리를 넣고 다니게 된 까닭이 제때 배설하지 못한 똥과 오줌 때문이라고 감량 씨는 믿어 의심치 않았다. 어디 그뿐이랴. 감량 씨는 대소변 처리 때문에 어쩔 수 없이 운행 중에는 물도 적게 마시고 밥도 고양이 밥만큼만 먹을 수밖에 없었으니, 한밤중에 집에 돌아와서야 양푼 가득 폭식을 일삼는 것으로 스스로를 위로할 수밖에 없었던 것이다. 그러니 이것은 직업병 중에도 아주 고약한 직업병인데 회사에서 격려는커녕 쫓아내고 말았으니 억울하고도 억울한 생각에 잠을 이룰 수가 없었다. 더구나 대형 집회로 스트레스가 머리꼭지까지 돌게 하는 날이면 '치맥'을 주문하여 배달시켜 먹어 댔으니 똥배타령이 절로 나온 것이 아니었다.

게다가 대를 잇기 위해서는 기어이 아들을 낳아야 한다는 시댁 어른들의 성화에 셋째 아이까지 임신한 아내는 살 길이 막막하다며 그 몸으로 직장을 찾아 나섰으니 별수 없이 감량 씨는 두 딸을 돌보며 전업주부 신세마저 감내해야 했다. 운동을 하며 몸무게를 두 자릿수로 낮추겠다고 아내 앞에서 열두 번도 더 맹세하고 빌고 애원하고 다짐하고 각서까지 쓰곤 했지만 언제나 작심삼일이었다. 마음은 굴뚝 같은데 몸은 천근만근 요지부동이었다. 늘어진 뱃살이 어찌 그리도 방바닥만 좋아하는지 아내 출근 뒤 두 딸을 유아원 셔틀버스에 태워 주고는 설거지고 청소고 빨래고 다 집어던져 놓고 방바닥에 벌러덩 누워 아침마당인지 아침운동장인지 같은 TV 프로그램에서 눈도 떼지 못하고 붙박이가 되어 버리는 것이 우리 감량 씨의 일과가 되어 버렸다.

지상파 3사는 물론 종편까지 아침 프로그램은 감량 씨를 중독되게 하는 데 안성맞춤이었다. 귀에 못이 박히도록 아내가 운동, 운동하며 성화를 해댔지만 130킬로그램의 바윗덩이 같은 몸뚱이를 끌고 나가 운동을 한다는 것은 죽기보다도 싫었다. 실직의 아픔보다는 지옥이나 다름없는 버스 속으로 출근하지 않고 아침 TV를 마음껏 볼 수 있다는 기쁨이 아직은 몇 배 더 달콤했다. 아내가 밥벌이를 나가며 쏟아낸 불만 중에 TV 아침 방송을 못 보는 것이 당당하게 끼여 있는 것이 십분 이해되고도 남았다.

그런데 세상일이 모두 나쁘기만 하겠는가. 아홉이 나쁘다 해도 하나는 좋은 것이 세상의 공평한 이치였다. 감량 씨 집안이라고 아흔아홉 가지 나쁜 일만 있을 수는 없었다. 그 와중에도 한 가지 좋은 일이 생겼으니 감량 씨의 몸무게가 세 자릿수를 돌파하여 마침내 구들장 붙박이 신세로 전락하자 오랜 세월 감량 씨를 괴롭혔던 아내의 의부증이 눈 녹듯 사라졌다는 것이다. 아내는 아침에 출근해서 저녁에 퇴근할 때까지 남편이 그 바위만 한 몸뚱이를 해서 어디를 싸돌아다니며 허튼짓 하겠느냐며 확인 전화 한 통 걸지 않는 것이었다. 회사 사장님이 몸무게를 두 자릿수로 만들어 오면 두말 않고 다시 채용하겠다고 약속을 했으니 제발 운동 좀 해라, 운동 좀 해라 성화를 해대는 아내의 마음 한구석에 강 같고 바다 같은 평화가 깃들어 있기도 한 것이었다.

이렇게 구들장 붙박이 노릇을 하던 이 집 가장 감량 씨가 100일간의 목숨을 건 다이어트를 위해 가출을 결심하게 된 것은 여느 날처럼 두 딸을 유아원 셔틀버스에 태워 주려고 문을 나서려던 찰나 '아빠는 나오지 마. 애들이 놀려. 나더러 애들이 돼지아빠 딸이래. 창피하단 말이야! 문밖에 나오지 마. 나 그럼 유아원 안 가!'라는 울부짖음을 듣고 난 뒤였다.

머쓱해서 들어와 다시 늘어진 뱃살을 깔고 TV에 눈을 돌리자 매일 보아 왔던 '다이어트 100일 작전'에 응모할 시청자를 찾는다는 방송사 광고가 눈에 번쩍 띄었다. 세 자릿수 몸무게 때문에 버스 회사에서 쫓겨난 이야기와, 이젠 딸들마저 돼지아빠 때문에 유아원 등원을 거부하고 있다는 애교 섞인 과장까지 담은 사연을 적어 보냈더니 방송국에서 선발 통지문을 보내온 것이었다.

100일 프로젝트는 지옥이나 다름없었다. 일단 100일 동안은 단 하루의 외출도 없는 합숙을 해야 하며, 주어진 식단 외에는 아무것도 먹을 수 없는 곳, 합숙소가 아니라 지옥이었다. 유격대 훈련보다도 빡센 합숙소의 하루하루 일정을 끝내고 잠자리에 누우면 허기증에 천장에서 헛것이 보였다. 치맥부터 어른거리기 시작하여 양푼비빔밥, 야식으로 주문해 먹던 돼지족발 들이 천장에서 어지럽게 춤을 추었다.

거기다가 목 부팅, 척추 부팅, 뱃살 부팅에 하체 부팅까지 부팅도 가지가지여서 사람의 몸을 무슨 삶아 놓은 통돼지 다루듯 트레이너들이 엎었다 젖혔다 제멋대로 굴렸다. 총각 시절 부킹의 왕자가 이젠 부팅의 노예로 온몸이 녹아내리는 듯했지만 두 딸과 아내에게 기쁨을 안기고자 이를 악물고 버텨냈다. 게다가 저염 식단까지 견디려니 사는 게 사는 것이 아니었지만 열두 명의 경쟁자 중 기어이 1등을 하여 거액의 건강장려금을 거머쥐는 것은 물론 두 딸을 셔틀버스 앞까지 당당하게 배웅을 해주고 싶은 마음에 견뎌내었다.

건강장려금을 받고 재취업을 하면 아내가 무엇보다 기뻐할 것이다. 건강장려금은 지난 실직 기간 동안의 수입을 몇 곱절 만회해 줄 것이고, 재취업한 아내가 비정규직 일자리를 그만두고 편안히 출산하게 할 수 있기에 이를 악물고 이겨낸 끝에 감량 씨는 무려 50킬로그램 감량에 성공하여 스포트라이트를 받으며 방송 카메라 앞에 섰다. 100일 동안 매일 쇠고기 한 근 정도의 몸무게를 줄이는 데 성공함으로써 당당히 1등을 거머쥔 것이다.

돌아온 몸짱 최감량 씨는 전국에 방영되는 '다이어트 100일 작전' TV 프로그램에서 1등 상품으로 건강장려금을 받고 눈물 콧물이 뒤범벅이 된 채 소감을 말하며 방청객들 속에서 100일 만에 상봉하게 되는 가족들을 찾아 두리번거렸다. 방청석 한가운데에서 아내와 두 딸, 그리고 100일 동안 아이들을 돌봐 주시느라 핼쑥해지신 장모님 모습이 눈에 들어왔다. 아니, 가족보다는 현란한 조명 속에 귀에 못이 박히고 딱지가 앉도록 들었던 문구가 큰 글씨로 박혀 있는, 아내 손에 들려 있는 피켓이 먼저 눈에 띄었다. 100일 만에 얼굴을 보는 아내도 두 딸과 함께 그 피켓 아래에서 감격의 눈물을 흘리고 있었다.

"여보, 바람피우지 마!"

박 의원님 주례사 主禮史

1

"박 의원님, 제가 다음달에 결혼하는데 박 의원님께서 꼭 좀 주례를 맡아 주셔야겠습니다. 3선의 박 의원님께서 주례를 해주신다면 제 일생에 큰 힘이 될 것 같습니다."

"아니 엄 사장, 아직 결혼을 하지 않았단 말이오? 엄 사장 주변에는 늘 여자들이 많았던 것 같았는데."

"무슨 말씀을요. 여자들이야 늘 많았지만 결혼은 이제 처음 하는 것입니다. 어디까지나 법적으로는 처음 아내를 맞는 것입니다. 다음 선거도 다가오고 있으니까 대신 제가 힘껏 도와드리겠습니다."

"아, 그래요. 그럼 내가 엄 사장 주례를 맡기로 하리다. 허허!"

"…… 오늘 결혼하는 신랑 엄청남 사장은 장래가 촉망되는 청년

실업가로서 바른 인성과 의리를 중요시하는 사람입니다. 미국을 상대로 무역업을 하는데 그 규모가 실로 놀랍기 그지없을 정도입니다. 수출 백억 불 달성의 일익을 담당하여 국부國富를 늘려 가는 위대한 청년입니다. 엄 사장의 사업은 바로 애국의 지름길입니다. 한 손에 총칼 들고, 또 한 손에 망치 들고 근면 자조 자립을 실천하는 모범사업가입니다. 오늘의 신부 또한 미국 유학 중에 신랑을 만나 사랑을 싹틔운 보기 드문 재원입니다."

2

"박 의원님, 제가 다음달에 결혼하는데 박 의원님께서 꼭 좀 주례를 맡아 주셔야겠습니다. 4선의 박 의원님께서 주례를 해주신다면 제 일생에 영광이고, 제 사업에도 큰 힘이 될 것 같습니다."

"아니 엄 사장, 전에 결혼하지 않았나요, 그때 내가 주례를 섰지 않았소?"

"그랬습죠. 몇 해 전에 박 의원님께서 주례를 잘해 주셔서 한동안 행복하게 잘 살았습니다. 그런데 서로 성격이 맞지 않아 지난해 이혼을 하고 다시 결혼하게 되었습니다. 전보다 더 열심히 행복하게 살겠습니다. 다음 선거도 다가오고 있으니까 대신 제가 힘껏 도와드리겠습니다."

"아, 그래요. 그렇다면 내가 엄 사장 주례를 다시 맡기로 하리다. 같은 신랑 주례를 두 번씩이나 하다니. 허허 이것도 인연입니다."

"……오늘 결혼하는 신랑 엄청남 사장은 탄탄한 무역업을 하는 중견실업가로서 바른 인성과 의리를 중요시하는 사람입니다. 미국을 상대로 무역업을 하는데 그 규모가 실로 놀랍기 그지없을 정도입니다. 수출 오백억 불 달성의 일익을 담당하여 국부를 늘려 가는 위대한 사업가입니다. 엄 사장의 사업은 바로 애국의 지름길입니다. 중단 없는 전진을 착실히 실천하는 모범사업가입니다. 오늘의 신부 또한 미국에서 사업을 하며 업무 파트너로 만난 재미사업가 여성으로 보기 드문 재원입니다."

3

"박 의원님, 제가 다음달에 결혼하는데 박 의원님께서 꼭 좀 주례를 맡아 주십시오. 5선의 박 의원님께서 주례를 해주신다면 제 사업에도 큰 힘이 될 것 같습니다. 박 의원의 정치 역정과 저의 사업 역정은 함께 가야 할 운명 아니겠습니까?"

"아니 엄 사장, 또 결혼을 합니까? 전에 두 번이나 결혼한 것을, 그리고 그때마다 내가 주례를 선 것을 또렷이 기억하고 있는데?"

"그랬습니다. 그랬구말구요. 두 번씩이나 박 의원님께서 주례를 잘해 주셔서 그때마다 행복하게 잘 살았습니다. 그런데 이번에도 몇 년 살다 보니 또 서로 성격이 맞지 않아 결국 지난해 이혼을 하고 다시 결혼하게 되었습니다. 전보다 더 열심히 행복하게 살겠습니다. 다음 선거도 다가오고 있으니까 대신 제가 더 크게 힘껏 온몸을 바쳐 도와드리겠습니다."

"아, 그래요. 그럼 내가 엄 회장님 주례를 맡기로 하리다. 같은 신랑 주례를 세 번씩이나 하다니 이것도 대단한 인연입니다. 나도 우리 인연을 운명으로 알고 엄 회장님 사업을 잘 살펴 드리리다."

"…… 오늘 결혼하는 신랑 엄청남 회장께서는 대미 무역의 선구자이신 대기업의 회장이십니다. 세계 경제대국 미국뿐만 아니라 유럽 전역을 상대로 무역업을 하는데 그 규모가 실로 놀랍기 그지없을 정도입니다. 수출 일천억 불 달성의 일익을 담당하여 국부를 늘려 가는 위대한 사업가로서 누구보다도 의리를 중시하고 도덕성을 바탕으로 정도 경영을 실천하는 큰 인물이십니다. 엄 사장의 사업은 바로 애국의 지름길입니다. 한국을 선발 중진국 대열에 올려놓으신 훌륭하고도 모범적인 사업가이십니다. 오늘의 신부는 미국에서 사업을 하며 만난 중동 지방 산유국의 공주님으로서 미모와 실력, 여기에다가 재력까지 고루 갖춘 여성입니다. 이 신부님이야말로 우리나라 에너지 산업에 크게 이바지할 것으로 확신합니다."

4

"박 의원님, 제가 다음달에 미국에서 결혼하는데 박 의원님께서 꼭 들어오셔서 주례를 맡아 주십시오. 그동안 박 의원님께서 제 사업을 적극적으로 밀어 주셔서 탄탄대로를 걷고 있는데 6선의 관록을 자랑하시는 박 의원님께서 제 결혼에 주례를 맡아 주신다면 미국에서 하는 제 사업에도 큰 밑거름이 될 것 같습니다."

"아니 엄 회장님, 이게 무슨 말씀이십니까, 또 결혼을 하십니까? 전에 세 번이나 결혼하신 것을, 그리고 그때마다 제가 주례를 맡아 드린 것을 또렷이 기억하고 있습니다만. 똑같은 주례사를 네 번씩이나 하자니 매번 거짓말하는 기분이 들어서 멋쩍습니다."

"그랬지요. 세 번씩이나 박 의원께서 주례를 잘해 주셔서 그때마다 행복하게 잘 살았지요. 그런데 이번에도 또 몇 년 살다 보니 사업상 틀어진 것이 많아서 지난해 이혼을 하고 다시 결혼하게 되었습니다. 박 의원께서도 이제 고국에서 큰 그림을 그리시는 것 같던데 그러시려면 미국에 있는 교포들과도 통 크게 교류하셔야 할 텐데 이 기회에 들어오셔서 제 주례도 맡아 주시고 재미교포들과도 거래를 좀 트시지요. 이제 한국도 오랜 군사독재 정권에서 벗어나 민주화 시대를 맞이하고 있으니 박 의원께서도 궤도 수정을 하셔야 롱런하실 것 아닙니까? 그러려면 미국 민주정치의 현장도 살펴보시고, 미국 민주당의 유력 정치인들과 사진도 확실하게 찍을 수 있게 도와드리겠습니다. 또 다음 총선에서 제가 화끈하게 한 역할 맡겠습니다. 그리고 거짓말이면 어떻습니까? 누가 결혼식장에서 주례사를 귀담아 듣기나 하나요?"

"아, 그러십니까, 허허. 그럼 내가 엄 회장님 주례를 기꺼이 맡기로 하겠습니다. 같은 신랑 주례를 네 번씩이나 하다니 이거 기네스북에 오르는 것 아닌가 모르겠습니다. 아무튼 엄 회장님의 결혼식에 맞춰 태평양을 건너갈 테니 미국의 유력 정치인들과 꼭 사진을 찍을 수 있게 도와주십시오."

"…… 오늘 결혼하는 신랑 엄청남 회장님은 대미무역의 선구자 이신 대기업의 회장이십니다. 미국뿐만 아니라 전 세계를 상대로 무역업을 하는데 그 규모가 실로 놀랍기 그지없을 정도입니다. 엄 회장님은 미국을 상대로 무역업을 하여 쌓은 부와 인적 네트워크 를 이용하여 고국의 정치 민주화와 경제 민주화에도 큰 공헌을 하 셨음은 물론 정도 경영으로 세계 굴지의 기업을 일구셨습니다. 여 러분의 조국인 한국의 민주화는 이렇게 한국 내의 민주화 세력만 이 아닌 해외 동포님들의 노력과 지원으로 이룬 금자탑입니다. 동 포 여러분, 감사합니다. 오늘의 신부는 엄 회장님께서 아끼고 사랑 해 주시던, 당신 회사에서 장래가 촉망되고 미모가 뛰어난 재원입 니다. 신부가 비록 사회 경험은 일천하지만 타고난 지혜와 능력을 발휘하여 신랑 엄 회장님의 사업을 뒷받침하리라 믿어 의심치 않습니다. 그리고 이 자리에는 한국 정치에 관심이 많으신 미국의 유력 정치인들도 많이 참석해 주셨습니다. 앞으로 이 분들이 대한민국의 민주화에 큰 역할을 해주실 것입니다. 하객 여러분, 이 아름답고 숭고한 신랑 신부를 위해 다함께 건배합시다!"

아들딸들 보아라

10월 10일

못난 에미 때문에 하루도 니들 몸과 마음이 편할 날이 없겠지? 이 에미는 니들에게 할 말이 없구나. 무슨 낯으로 니들을 볼 것이며, 무슨 입으로 니들에게 말을 하겠냐? 그날 서둘러 집을 나서다가 교통사고를 당한 후 만신창이가 된 몸도 몸이지만 더 이상 니들 볼 염치가 없어서 아예 입을 열지 않고 병신 된 척 한 것이란다. 다행히도 의사선생님이 뇌 촬영 결과 뇌출혈로 인해 언어장애는 물론 의식불명까지 될 수 있다는 말에 에미는 오히려 말을 안 해도 의심받지 않을 것 같아 안도했었단다. 입도 뻥긋 안 하고 이대로 식물인간처럼 누워 있다가 죽는 것이 낫지 다시 살아서 니들에게 부담되기도 싫고, 이러쿵저러쿵 동네 사람들 입방아에 오르내리기도 싫다. 때가 되면 어서 죽는 게 복이라는 옛 어른들 말씀이 하나도 틀리지 않더구나.

사고 뒤 도로에 나뒹굴던 내 가방에서 나온 오백만 원 현금 다발에 대해 듣는 사람마다 온갖 억측을 쏟아내더구나. 혼자 된 딸이 불쌍해 아들들 몰래 주려고 했던 돈일 거라는 둥, 누구에게 사채를 놓으려 했을 거라는 둥, 불쌍한 영감님 하나 생겨 도와주려 했을 거라는 둥 입방아를 찧더구나. 죽은 척 듣고만 있었다.

10월 11일

그래, 그네들이 의혹을 제기한 그 말들이 전혀 틀린 것은 아니다. 허구한 날 친정에 찾아와 돈 내놓으라며 포악질하던 딸년에게 니들 몰래 돈을 준 적도 여러 번이고, 동네 사람들에게 일이백씩 빌려 주고 따박따박 이자 따먹는 재미도 쏠쏠했었다. 돈도 돈이지만 찾아올 때마다 주전부리를 싸들고 와서 이 말 저 말 건네주는 그들이 여간 반갑고 정다운 것이 아니었지. 그게 다 돈을 빌리려고 한 사탕발림일지라도 어느 살붙이가 그리 하겠냐? 영감이 생겼다는 말은 나도 농담으로 들었다. 팔십 넘은 할망구에게 새 영감은 당치도 않지. 먼저 간 니들 아버지에게도 욕될 일이고.

언제 숨이 끊어질지는 모르겠다만 그날이 하루라도 빨리 왔으면 좋겠다. 병원 생활도 이젠 넌덜머리가 난다. 조선족 아주머니의 정성어린 간병이 그나마 위로가 되고, 이 아주머니 덕에 니들에게 마지막 편지를 남길 수 있게 되었구나. 며칠에 걸쳐 내가 남기는 말을 또박또박 잘도 받아 적더구나.

10월 12일

오늘은 오백만 원 현금 다발에 대해 말해야겠구나. 그래야 니들이 이 에미의 지난 십 년간의 삶을, 니들 아버지 먼저 보내고 산, 그 지긋지긋했던 십 년의 삶을 짐작이라도 해보겠지. 니들 아버지 보내고 처음 한두 해는 그래도 주말마다 찾아오는 아들딸과 손주들 보는 재미로 살았지. 그러던 것이 차차 손주들이 커서 중·고등학생이 되고, 니들도 직장에서 살아남기 위해 발버둥을 치다 보니 발걸음이 잦아들었지.

그 무렵부터 에미는 경로잔치나 온천 무료 관광, 북한예술단 무료공연장으로 동네 할머니들과 출근하다시피 몰려 다녔단다. 그때가 얼마나 재미있었는지 니들은 모를 것이다. 가기만 하면 공짜로 선물도 주지, 팔다리 어깨도 주물러 주지, 곁에 앉아 살갑게 말동무도 해주지 여간 즐거운 게 아니었단다. 어디 그것뿐인 줄 아느냐? 그렇게 쏘다니다 보면 하루해가 언제 지나갔는지 모르게 넘어가더구나. 아직도 다락방 가득 그런 곳을 다니며 받아 온 라면이며 화장지 등이 가득 쌓여 있단다. 니들은 받아 온 선물 더미를 보며 그놈들 다 사기꾼이라고 일축했다만 에미인들 왜 그것을 몰랐겠니? 처음 몇 번이야 혹했다만 한두 해 쫓아댕기다 보니 그들의 수법이 훤히 보이더라.

그러나 니들 말 듣고 자제하고 집에 들어앉아 죽치고 며칠 지내고 보면 좀이 쑤시고 그들이 그리워지더구나. 사근사근 말 걸어 오고, 여기저기 쑤시는 데 주물러 주고, 매일매일 전화로 안부 물어 오고. 이게 다 거짓말인데, 이게 아닌데 하며 마음속으로 다짐을 하면서도 몸은 벌써 문밖을 나서고 있었으니 나도 나를 모르겠더구나. 뻔히 거짓말인 줄 알면서도 에미가 빠져든 것이지. 옛날 천둥벌거숭이 니들 아버지하고 연애할 때 홀딱 빠져든 것처럼 그랬던 것이란다. 그래도 그들이 칼 든 도둑보다는 낫다는 생각도 했단다. 긴긴 밤 말똥말똥 누워 있을 때는 도둑이라도 찾아들기를 바란 적도 있었기도 했단다. 도둑에게 돈 몇 푼 쥐어 주고 말동무하며 밤을 지새우고 싶기도 했단다.

10월 13일

그렇게 쫓아댕기다 만난 것이 북한예술단 아가씨였단다. 그 아가씨 이야기를 들어 보니 기구하기가 이루 말로 표현할 수가 없더구나. 더구나 그 아가씨 고향이 이 에미와 같은 원산이더구나. 송

도원이며 명사십리며 눈시울 붉혀 가며 이야기하는데 나도 눈물을 감출 수가 없었지. 그 아가씨가 선물을 싸들고 집까지 찾아왔을 때는 내가 진수성찬까지 차려 함께 먹기도 했단다. 그날 밥맛이 꿀맛이었지. 늘상 혼자 김치쪽 빨며 먹던 것에 비하면 견줄 수가 없지. 돈을 벌어 북에서 굶고 있는 부모님께 송금해야 하는데 남쪽에서의 삶이 너무 고달퍼 쉽지가 않다는 말에 고향 사람 돕는다는 생각으로 의료용 침대를 덥석 사고 말았지. 니들에게는 싸게 샀다고 말했지만 사실은 나도 감당하기 어려울 만큼 비싼 값을 주고 산 것이란다.

지금 생각해 보니 무엇에 홀려 그리 비싼 것을 샀는지 후회막급이다. 침대가 배달되고, 할부금을 두어 번 내고 나서야 정신이 번쩍 들어 반품을 하겠다고 전화했더니 이미 포장을 뜯었고, 반품 기간도 지난 데다가 할머니께서 직접 서명까지 했으니 법대로 하라고 막말을 하더구나. 나도 버티고 몇 달 할부금을 내지 않았더니 사람이 찾아와서는 욕을 퍼붓질 않나, 제 명에 못 살 거라며 아들 회사를 찾아가서라도 받아내겠다고 하질 않나, 지옥도 그런 지옥이 없더구나. 그 아가씨를 찾으니 이미 회사를 그만두었다고 만나게 해주지도 않더구나. 그러더니 며칠 후 무슨 압류계고장인지 뭔지가 날아왔더구나. 그래 별수 있겠냐? 한시라도 빨리 갚는 것이 니들도 살리고, 집도 빼앗기지 않을 것이라는 생각에 그 돈다발을 싸들고 나간 것이란다. 니들이 올 때마다 놓고 간 용돈을 차곡차곡 모아 두었던 것이지. 그 길이 이렇게 죽음에 이르는 지경이 될 줄이야.

이런저런 사정을 그냥 입 꾹 다물고 눈감을까 하다가 그래도 이 에미의 응어리진 속을 알리고자 힘들게 몇 자 남긴다. 그래야 내가 편히 눈을 감을 것 같더구나.

부디 우리 3남매 화목하게 잘들 살아라. 에미는 이제 죽음이 내 생애 마지막으로 받는 큰 복이라 여기고 갈 테니 울지 말고 아버지 곁에 잘 묻어 다오. 그리고 오백만 원으로는 병원비로 쓰든 침대 외상값을 갚든 니들 마음이다만 이 편지를 받아 적고 전해 주시는 요양병원 아주머니에게도 섭섭잖게 인사를 했으면 좋겠다.

애들아, 잘들 있거라, 못난 에미가 애끓는 마음으로 적는다. 니들보다 손주들이 더 보고 싶은 것은 뭔 조화인지 모르겠구나. 살아서 다시 볼 수나 있을는지.

술조사

"너두 이젠 대학생이 되었으니 한 잔 해볼 테냐?"

"이게 무슨 술인가요? 왜 맷돌을 눌러 놓았는지요?"

"이게 이름이 많단다. 약주, 농주, 밀주, 청주, 동동주, 막걸리, 가양주, 탁주, 탁배기, 막걸리, 짚동가리쌩주, 앉은뱅이술 등등 동네마다 집집마다 시대마다 이름도 다양했지. 집집마다 술맛이 다른만큼 술 이름도 다양한 것이지."

"외삼촌, 요즘은 막걸리가 대세잖아요? 그럼 이것도 그 막걸리인가요?"

"그렇지. 다만 집에서 만든 것이냐 공장에서 만든 것이냐의 차이가 있지."

"근데 웬 이름이 그리 다양해요?"

"넌 외할머니께서 술 만드시는 것을 본 적이 없지? 다만 어려서부터 외가에 드나들면서 돌아가신 외할아버지께서 이 술을 자주

드시는 것은 많이 보았지?"

"네, 밥상에 으레 술 주전자가 있었고, 아버지가 할아버지께 술 잔 받던 것도 늘 보았어요."

"그 술이 모두 할머니께서 직접 담그신 거란다. 저기 항아리가 하나 있지? 저것이 술 항아리란다. 저기에 술을 담가 놓으셨던 것이지. 내가 아까 술 이름이 매우 다양하다고 했지? 그 이름들을 다 알겠니?"

"제가 아는 것은 막걸리, 소주, 양주, 맥주, 위스키, 코냑 같은 것들이지요. 요즘은 일본 술 사케도 알아요."

"너도 외탁을 했는가 보구나? 술 이름을 줄줄 대는 것을 보니. 양주는 위스키, 코냑 등 서양에서 들어온 술을 통틀어 붙인 이름이니 따로 이름을 붙일 것은 아니지. 자, 우선 한 잔 마시고 이야기해 보자"

"아, 술맛이 참 좋네요. 학교 앞에서 마시던 막걸리하고는 빛깔도 맛도 달라요."

"그렇지? 이제부터 외삼촌이 술 이름을 가르쳐 주마. 술 이름을 알기 위해서는 술 담그는 순서부터 알아야 하는데 간단히 설명하마. 술을 만들기 위해서는 질 좋은 쌀과 누룩, 물, 이 세 가지가 핵심이란다. 누룩은 통밀을 빻아서 만드는 것이란다. 쌀로 고두밥을 짓고, 다 된 고두밥과 누룩을 섞는단다. 이를 항아리에 붓고 좋은 물을 구해 붓고 발효시키면 되지. 말로는 간단하지만 정성과 시간이 필요하지. 술 제조에서는 무엇보다도 시간이 중요하단다. 너, 술 항아리의 술이 다 익었는지를 알아보는 방법이 무엇인지 아니?"

"모르겠는데요. 먹어 보면 알지 않을까요?"

"네 외할머니께서는 술 항아리 뚜껑을 열고 성냥불을 그어 대셨단다. 그래서 성냥불이 꺼지지 않으면 다 익은 것이고, 꺼지면 덜 발효된 것으로 아셨단다. 발효가 덜 되었으면 술에서 계속 가스가 나와서 성냥불이 꺼지게 되지."

"아, 그렇군요. 그런데 왜 이름이 그렇게 다양하지요?"

"술 이름은 재료, 만든 지역, 제조 방법에 따라 아주 다양한 이름이 붙지. 약주는 몸에 약이 된다고 하여 붙인 이름인데 술을 적당히 마셔야 약이 되지 그렇지 않으면 독이 되는 것이지. 또한 약주는 술의 존칭어가 되기도 한단다.

농주는 농촌에서 농사를 지으며 담가 먹는 술이라고 해서 붙여진 이름이고, 청주는 맑은술이라고도 하는데 여기를 보아라. 이렇게 고무 함지박 안에 맷돌로 지질러 놓으니까 술자루에서 흘러나온 술이 위에는 맑고 밑에는 흐리잖냐? 그래서 위엣것을 청주, 밑엣것을 탁주라고 한단다. 탁주를 막걸리, 탁배기라고도 하지. 막걸리는 마구 거른 술이라서 막걸리라고 한 것이기도 하지. 다 익은 술 항아리에 고깔처럼 생긴 용수를 넣어 청주를 떠내고 나머지를 체에 거르면 막걸리가 되기도 하지. 동동주는 말이다, 술이 완전히 발효되면 술지게미는 가라앉고 고두밥알이 동동 뜨는데 그

것이 동동주란다. 옛날 가난했던 시절에는 그 술지게미에 사카린을 쳐서 밥 대용으로 먹기도 했었지. 가양주란 집집마다에서 담근 술을 가양주라고 하는 것이란다. 집 '가家'에 술 빚을 '양釀' 자를 쓰는 것이지."

"앉은뱅이술은 무엇이지요?"

"그 이름이 붙은 것은 가양주가 의외로 독한 데서 붙여진 이름이란다. 충청도 한산소곡주가 대표적이지. 마실 때는 부드럽고 향기가 좋아서 홀짝홀짝 마시다가 막상 술자리를 털고 일어나려면 술에 대취해서 몸이 말을 듣지 않아 일어나지 못하고 주저앉는다고 해서 붙여진 이름이란다. 네 외할아버지께서 살아 계실 때는 손님이 아주 많으셨단다. 외할머니는 술을 해 대시는 일로 일생을 보내다시피 하셨지. 그때 외할머니께서 빚으신 술을 손님들은 곧잘 앉은뱅이술이라고 하셨단다."

"그럼 밀주, 짚동가리쌩주는 무엇인가요?"

"내 언젠가는 너 같은 젊은이들에게 이 이야기를 해주고 싶었단다. 밀주는 몰래 '밀密' 자에 술 '주酒' 자를 쓰지. 그야말로 몰래 빚어 마시는 술이라는 것이지. 짚동가리쌩주 역시 몰래 빚어서 마신 데서 연유한단다. 가을에 추수를 하여 볏단 쌓아놓은 것을 낟가리, 짚가리, 짚동가리, 짚터머지 등으로 불렀는데 그 밑에 구덩이를 파고 술을 감추어 놓은 데서 붙은 이름이란다."

"아니, 술을 왜 감추나요? 누가 훔쳐 먹나요?"

"그게 아니란다. 우리나라는 오랜 옛날부터 술을 담가 즐겨 먹었단다. 음주가무를 즐긴 민족 아니냐? 저 옛날 영고나 무천과 같은 제천의식 때에 밤낮으로 술을 마시고 춤추고 놀았다고 하지 않냐? 그 관습이 어디 가겠니? 우리나라가 알코올 소비량에서 둘째가라면 서러운 나라일걸. 그런데 일제시대에 일본은 우리나라 전통주의 맥을 끊고, 또한 군량미 확보를 위해 민가에서 쌀로 술을 빚는 것을 금지시켰지. 그런데 어디 농가에서 술 담가 마시는 것을 끊을 수 있겠냐? 사다 마시자니 돈이 궁하고, 사다가 마신다고 해도 맛이 형편없으니 누가 시키는 대로 하겠냐? 그때부터 단속 나오는 술조사와 백성들 사이에서 숨바꼭질이 벌어지는 것이었지. 할머니께 여쭈어 보아라. 술 좋아하시는 할아버지 만나 몰래몰래 술 담가 대느라 얼마나 고생을 하셨는지."

"그럼 외할머니께서도 술 조사를 당하셨어요?"

"당하다뿐인 줄 아니? 이 외삼촌이며 네 엄마, 이모들도 다 이리 뛰고 저리 뛰고 했단다."

"일제시대도 아니었는데 왜요?

"어디 일제시대뿐인 줄 아니? 박정희 대통령 시대인 60~70년대에도 술조사가 난리법석을 피웠단다. 그 시대 우리나라는 곡식이 절대적으로 부족했던 시대였지. 보릿고개라고 하질 않냐? 먹을 쌀도 없는데 그 쌀로 술을 빚어 마시는 것을 죄악시한 것이지. 쌀의 자급자족이 최대 목표였던 그 당시에 양곡법糧穀法이라는 것이 있었단다.

절대로 쌀로 술을 담가 먹을 수가 없었지. 그래도 백성들은 대대로 수백 수십 년 동안 마셔 오던 농주를 포기할 수 없었지. 또 말이다. 농촌에서는 술을 사 마시려면 돈이 있어야 하고, 돈을 장만하려면 쌀을 내다팔아야 되었지. 그러느니 집에 있는 쌀로 담가 마시는 것이 옳지 않겠냐? 결국 몰래몰래 빚어 마실 수밖에 없었지. 더구나 조상님들께 제사를 올리거나 차례를 모실 때 저잣거리에서 사온 술을 사용하는 것은 죄악이나 다름없었지. 그런데 할아버지께서 돌아가셨는데도 할머니께서 왜 이 술을 담그셨는지 아니?"

"글쎄요? 외삼촌이 좋아하셔서 그런 것인가요?"

"그것도 맞기는 맞지. 그러나 그것은 둘째이고, 첫째는 외할아버지 추석 차례에 제주로 쓰기 위한 것이란다. 외할아버지 돌아가신 지가 벌써 20년이 다 되어 오지 않냐? 그 20년을 어느 한 해도 거르지 않으시고 손수 술을 담그지 않은 해가 없으시단다. 신을 모시듯 좋은 술을 담가 제주로 올리신 것이지."

"아하, 그랬군요. 할머님의 정성은 알아 드려야 한다니까요. 참 좋은 술이네요."

"지금이야 아무 제약 없이 술을 마음껏 담가 마실 수 있지만 저 옛날에는 술조사의 공포에 떨면서 몰래몰래 담갔단다. 술조사들은 긴 쇠꼬챙이를 들고 다녔지. 그것으로 술을 감춰 놓았음직한 나뭇간, 두엄더미, 낟가리, 잿가리, 집 둘레 땅속 등을 마구마구 찔러 본단다. 그러다가 술 항아리나 누룩이 발견되면 가차없이 지서로 끌고 갔지. 지금 경찰이야 종종 시민들에게 얻어터지기도 하지만 일제시대나 군사독재 시대의 경찰은 무소불위의 권력을 휘둘렀지."

"그 술조사들은 누구인가요?"

"주세를 걷어들이는 세무서 직원들이 대부분이었지. 때로는 경찰도 함께 다녔고 세무서에서 고용한 임시직들도 있었다고 하더라. 왜 완장의 위력 알지? 완장 하나 채워 주면 온 세상을 다 가진 듯 설쳐대는 인간들. 그들이 바로 그런 부류들이었지. 군홧발로 안방 건넌방 마구 드나들고, 집 안 구석구석 제멋대로 들쑤셔대고. 그러다가 무슨 술동이라도 나오면 잡아먹을 듯이 을러대었으니 저승사자나 다름없었지. 그런데 말이야, 재미있는 것은 그 술조사 무리 속에는 읍내 양조장 주인이나 종업원이 끼어 있다는 것이야. 명절 때가 되고 농사철이 되어도 양조장 술이 팔리지 않으면 양조장 쪽에서 세무서에 줄을 대는 것이지. 빨리 단속 나가라고. 그러면서 동네 정보를 캐내어 알려 주는 것이지. 어느 때는 술조사가 나와 다른 집 다 놔두고 어느 특정한 집 울타리 밑을 파내어 바로 단속하는 경우가 있지. 그런 경우는 십중팔구 양조장에서 정보를 제공한 것이지."

"외할머니께서도 걸린 적이 있으세요?"

"있었단다. 그 당시는 술조사가 나오면 동네에서 종을 치거나 아이들을 시켜 집집마다 알렸지. 그러면 누룩과 술항아리를 들고 산으로 치빼는 사람도 있고, 어느 집에서는 해산을 한 척 금줄을 치기도 했고, 급하면 아예 담근 술을 수챗구멍이나 뒷간에 쏟아 버리기도 했지. 니 외할머니는 아주 영민하셔서 여간해서 걸리지 않으셨단다. 술을 담가서 집에서 조금 떨어진 산 속에 구덩이를 파고 밤에 몰래 항아리를 옮겨 묻으셨단다. 아이들에게는 수상한 사람이 동네 나타나면 절대로 집에 들어가지 말라고 이르셨지. 빈집에는 함부로 들어갈 수 없으니까 어른들이 논밭에 나간 사이 아이들을 따라 들어가 단속하는 경우가 종종 있었거든. 또 명절 때나 농사철에는 술을 담가 놓으시고도 일부러 소주 몇 병, 막걸리 한두 통을 사다가 집에 놓아 두셨단다. 누가 보아도 눈에 잘 띄는 곳에다가 말이다. 술조사가 와서 그것을 보면 그대로 돌아서서 나갔지. 그런데 어느 해 명절이 지난 뒤 기습적으로 술조사가 나온 것이야. 담근 술을 거의 다 소비하고 항아리 바닥에 한두 되쯤 남았을까? 항아리도 씻을 겸 산에 있는 구덩이에서 가져다가 우물 둥지에 놓았다가 그대로 적발된 것이지. 명절 끝이라 방심했다가 갑자기 들이닥친 술조사에게 적발이 되었단다.”

“그래서 어떻게 되었어요?”

“니 외할머니께서 순간 빨래방망이로 항아리를 깨버리셨단다. 항아리는 박살이 나고 항아리 속의 술은 하수구로 흘러들었지. 한마디로 증거인멸을 하신 것이야. 물증을 확보해야 했던 술조사들은 닭 쫓던 개 지붕 쳐다보는 격이 되었지. 물론 할머니는 술조사

베이비부머의
반타작 인생

들에게 험한 말과 수모를 당하시기는 하셨지만 지서로 끌려가 조사 받고 벌금을 물지는 않으셨지. 그때는 니 외할아버지께서 살아계실 때고 또 한창 지역사회에서 많은 일을 하셨을 때였지. 그러다 보니 숱한 공무원이나 경찰들이 외가 사랑방을 드나들며 할머니의 앉은뱅이술을 소비하던 때이니 그 덕에 수월하게 넘어간 것이기도 했지. 좀 웃기지 않니? 어느 관리는 와서 앉은뱅이술을 얻어 마시자고 하고, 어느 관리는 와서 단속을 하고. 그 시대가 그랬단다. 왜 박정희 대통령도 그랬다지 않니? 양곡법으로 가양주 제조를 금지해 놓고도 정작 자신은 부산 동래 산성막걸리를 잊지 못해 우리나라 최초로 동래 산성막걸리를 민속주로 지정했다는 이야기가 있더라."

"우리 외할머니께서 이 술 때문에 고생 많이 하셨네요?"

"그러니 할머니께서 담그신 술을 마실 때는 그냥 마시지 말고 그 깊은 맛을 음미하고 마시거라. 그런데 문제가 하나 있단다. 니 에미나 외숙모 모두 할머니의 술맛에 탄복을 하며 즐겨 마시긴 해도 어느 누구 하나 술 담그는 법을 배우려 하지 않는 거란다. 오직 할머니 혼자 60년 넘게 혼자 담그셨던 것이지."

"그렇네요. 외할머니께서 몇 해나 더 담그실지 걱정은 걱정이네요. 그런데 외삼촌, 요즘은 술조사 없지요?"

"없지. 그러니 네가 이렇게 외갓집 창고에 앉아 문 활짝 열어 놓고 술을 퍼마시지 않냐? 지금은 쌀이 넘쳐나 그 소비책을 찾느라 골머리를 앓지 않냐? 이젠 우리 쌀로 빚는 막걸리가 점점 늘어나고 있지. 너도 가급적이면 우리 쌀로 빚은 막걸리를 많이 마시거라. 아참, 요즘은 이 외삼촌이 술조사란다. 할머니께서 담그신 술의 맛을 감정하는 술조사. 그런데 참 신기한 것이 그 오랜 세월, 그러니까 시집오셔서 오늘까지 60년이 넘는 세월을 술을 담그셨으면서도 할머니는 술을 잡수실 줄 모르신다는 것이야. 냄새와 빛깔로 맛을 짐작하시는 것 같아. 신통하고도 신통한 일이지?"

"외삼촌, 한 잔 더 드릴까요?"

"좋지, 너도 한 잔 더 하려무나. 니 에미 나오면 또 외삼촌한테 무어라 할라. 어린애 데리고 술이나 퍼마시고 주사를 늘어놓는다고."

스물여섯 한때

　　　　　어느 날 불현듯 ㅈ선배가 보고 싶었던 나는 백방으로 수소문했지만 뜻밖에도 그의 부음을 접한 것은 고등학교 친구의 출판사 사무실이었다. 서울 어느 지역의 문예지를 맡아 편집하고 있던 친구가 전화를 해주었던 것이다.

　"야, 네가 그토록 찾던 ㅈ선배 소식을 알았으니 사무실에 한번 들러 봐."

　퇴근하자마자 나는 을지로에 있는 친구의 사무실로 달려갔다. 다시 한 번 선배의 전화번호를 검색해 보았지만 내 휴대전화에 저장된 선배의 전화번호는 오랫동안 연락이 끊겼다는 사실을 증명이라도 하듯 아직까지 011로 남아 있었다.

　친구가 건네준 책의 회원 동정란에서 나는 'ㅈ회원께서 2018년 12월 22일 지병으로 별세하셨습니다.'라는 부음 소식을 접하자마자 흐르는 눈물을 참으며 추억에 잠겼다.

스물여섯 살의 나는 무작정 고등학교 선배를 찾아 서대문로터리에 있는 한 대입 종합학원을 찾아갔다. 선배는 모교의 시간강사 자리를 내게 물려주고 고액의 몸값이 보장되는 학원으로 도망치듯 직장을 갈아탄 것이었다. 이듬해 봄이 되면 정교사로 발령내 주겠다고 했음에도 그는 뒤도 돌아보지 않고 입시학원 강사를 택했다. 요즘 같은 세상에 서울에 있는 고등학교 교사 자리를 박차고 학원으로 가는 놈이 어디 있냐고 혀를 끌끌 차는 사람도 있을 테지만, 그 정도의 실력이면 학원에 가서 떼돈을 벌 수 있을 테니 잘한 일이라고 부러워하는 사람들이 더 많았다.

내게 고등학교와, 대학교 같은 학과 두 해 선배인 그는 많은 후배들의 우상이었다. 공부는 물론이려니와 웅변 실력도 뛰어나서 여러 대회에 나가 수상을 독차지했다. 같은 문예반 선배로 탁월하게 시를 쓰던 사람이었으니 내게도 역시 그는 우상이었고, 나는 한순간의 주저도 없이 그 선배를 따라 그 대학 그 학과에 진학을 했다.

선배는 고등학교 은사의 요청에 따라 대학원 재학 중에 모교에서 시간강사를 시작했고, 후배이면서 제자들인 학생들의 열렬한 지지를 받는 실력 있는 선생이 되었으나 몇 달이 지나지 않아 학교에 사표를 던지며 대학교 4학년인 나를 후임으로 앉혀놓고 학원으로 줄행랑을 놓았다. 80년대 초, 그 시절은 교사 자격증이 없어도 고등학교에서 시간강사를 할 수 있었던 시기였다.

그 시절 나는 대학생 신분으로 1인 3역을 하느라 눈코 뜰 새 없이 뛰어다녔다. 마지막 학기 학점을 받느라 대학 강의를 들어야 했고, 그 틈새에 모교에 가서 주당 12시간 시간강사 노릇도 해야 했고, 밤이면 중·고생 대상으로 메뚜기처럼 이리저리 뛰어다니며 과외를 하느라 여가를 찾는 게 사치였던 때였다.

그도 그럴 것이 고향에서 환갑이 넘도록 농사를 짓는 아버지께 등록금을 달라고 할 염치를 나는 가지지 못했다. 주말에 고향에 내려가 집안 형편을 가늠해 보면 오히려 내가 아르바이트를 해서 보태 드리는 것이 낫다고 판단을 했을 정도였다.

내가 그 선배를 서대문로터리로 찾아간 때는 졸업을 얼마 앞두고 취업 문제로 고민을 할 때였다. 아니 취업 고민보다도 내 신세 한탄을 하러 갈 요량이었다. 어찌 내 신세가 이러냐고, 무슨 대학 생활 4년 내내 아르바이트와 씨름하느라 남들 다 하는 미팅 한 번 제대로 못해 보았고, 어쩌자고 내게 있던 친형이 먼저 세상을 등지는 바람에 1남4녀의 외아들 신세가 된 내가 부모 봉양까지 떠맡아야 하느냐고, 나의 우상인 선배에게 하소연하고 싶었던 것이었다. 졸업하면 바로 결혼도 해야 하는데 무슨 돈으로 전세방을 장만할 것이며, 4년간 받은 학자금 융자는 어떻게 갚을 것이며, 어떻게 살아야 할지 앞날이 막막하다고 소주나 한 잔 사달라고 떼돈 버는 선배에게 떼를 쓰며 가슴속 케케묵은 응어리를 털어낼 심사였다.

선배가 야간 강의를 끝내고 올 때까지 학원 앞 선술집에 들어가 나는 소주를 마시기 시작했다. 온갖 잡동사니 생각이 나를 괴롭혔다. 선배가 선술집에 도착했을 때 나는 이미 술에 어지간히 취해서 후배가 찾아왔는데 빨리 안 나오고 이게 뭐냐고, 나를 이렇게 기다리게 해도 되느냐고 대들다시피 했다.

선배는 미안하다고, 네가 마신 술값은 내가 내줄 테니 그만 집에 가라고, 오려거든 미리 약속을 잡고 오지 이렇게 불쑥 나타나면 어쩔 것이냐고 타이르며 나를 일으켜 세웠다. 막무가내로 술을 더 사달라고 조르는 내게 선배는 시간이 없다고, 또 가야 할 데가 있다며 나를 술집 밖으로 끌어냈다. 술 한 잔 같이 하자며 술주정하듯 떼를 쓰는 내게 선배는 밤늦은 그 시간에 다시 과외 하러 가야 하기 때문에 시간도 없을뿐더러 그 좋아하던 술도 마실 수 없다고 했다.

급히 마셔댄 술을 이기지 못해 길바닥에 토악질을 해대는 내 등을 두드려 주며 선배는 너는 그래도 행복한 놈이라고, 이렇게 술 마실 시간이라도 있으니 얼마나 다행이냐고 위로를 해주며, 나는 이렇게 자정 무렵까지 이리저리 뛰어다니며 돈을 벌지 않으면 온 식구가 거리에 나앉을 상황이라고 한숨을 쉬며 나를 부러워했다.

누구는 모교에서의 정교사 자리가 탐나지 않아서 뛰쳐나온 것이 아니라 한 푼이라도 이를 악물고 더 벌지 않으면 노부모 병원비도 마련할 수 없고, 줄줄이 딸린 누이들 결혼은 누가 거저 시켜 주냐고, 애먼 소리 말고 네놈은 행복한 줄 알고 모교에서 자리 잘 잡고 선생 노릇이나 똑바로 해서 너를 심어 준 내가 대리만족이라도 하게 해달라는 것이었다.

　기어이 선배는 아직 토악질이 다 끝나지도 않은 나를 골목에 남겨 놓고 택시 타고 집에 가라며 천 원짜리 지폐 몇 장을 주머니에 넣어 주고는 버스 정류장으로 줄달음쳐 달려갔다.

반띵 협약

2녀1남을 둔 나는 아들을 군대에 보내면 좁은 아파트에 방도 하나 나서 그 방을 독차지할 둘째딸이 만세를 부를 것이고, 아침저녁 아들 녀석의 등교와 늦은 귀가 문제로 신경을 쓰지 않아 태평성대를 맞을 줄로 철석같이 믿었다. 논산훈련소에서 기초 군사훈련을 받는 한 달 남짓은 정말 행복했다. 아이들을 단속하는 일이 반의반으로 줄어든 것 같았다.

하지만 아들 녀석이 자대로 배치된 뒤에는 상황이 전혀 딴판으로 돌아갔다. 아들은 동부전선 휴전선 바로 밑, 철책선 경계 임무를 맡은 최전방 부대로 배속된 것이었다.

그 소식을 듣고 순간 떠오른 생각이 아버지인 내가 군대 생활을 지나치게 편하게, 군댓말로 '날라리'로 한 것에 대한 국가의 보복(?)이 아닌가 하는 것이었다. 사실 나는 말이 군대 생활이지 실제 생활은 병원의 원무과 직원과 같았다. 쌍칠년도 시절 남녘 끝 어느 국군

통합병원의 인사처에서 근무하였으니 울타리에 갇혀 있다뿐이지 공무원 같은 생활이었다. 그도 그럴 것이 최전방에서는 데프콘 3단계라나 2단계라나 하면서 완전 군장에 실탄까지 지급했던 박정희 대통령 시해 사건 당시에도 나는 족구를 하며 유유자적하던 병원 부대 출신이었다. 아버지가 이렇게 날라리로 군대 생활을 하였으니 네 아들은 좀 빡빡 기게 만들어 주겠다고 혹시 국가가 보복한 것이 아닐까 철없는 의심을 하게 된 것이다.

자대에 배치되자마자 아들은 낯선 환경에 겁을 집어먹었는지 하루가 멀다 하고 집으로 전화를 해댔다. 누나 둘을 둔 막내아들로 태어나 온 집안의 사랑을 독차지하다시피 했던 환경에서 살다가 갑자기 천지 사방이 1,000m가 넘는 산들로만 둘러쳐져 있지 지나가는 아가씨는커녕 먼발치에서라도 꼬부랑 할아버지조차 구경하기 힘든 산골짜기에 들어앉아 있으려니 겁이 나기도 단단히 났을 것이다. 거기다가 철책선 경계 부대에서 전설처럼 내려오는 코를 베어 갔네 귀를 잘라 갔네라며 이런저런 과장 섞인 이야기에 잔뜩 주눅이 들어 있었다.

이젠 제대로 사람이 될 터이니 잘 되었다 싶다가도 안쓰러운 마음에 면회를 갔다. 가도 가도 끝없는 황톳길이라는 시구처럼 가도 가도 끝없는 산봉우리들을 넘어, 고개 하나 넘으면 북한 땅인 최전방 부대에 도착했다. 아들은 나를 보자마자 군대 생활에 대한 푸념부터 늘어놓았다. 이것저것 마련해 간 음식에는 별 관심도 없었다. 오로지 보다 편한 부대로 옮기고 싶다고, 사단장에게 소위 말하는 '빽' 좀 써달라고 졸라댔다. 그도 그럴 것이 아들이 배치된 부대의 사단장이 아빠 친구의 절친이라고, 아들 녀석이 자대 배치 받고 첫 통화할 때 무심코 뱉은 말이 화근이었다.

그것은 절대 안 된다고, 군대는 네가 진정한 남자가 되는 마지막 교육기관이라고 잘라 말하고 돌아온 이후 아들은 사흘이 멀다 하고 전화를 해서 막무가내로 졸라댔다. 급기야는 부적응 병사로 분류되어 별도 교육대대로 넘어가 적응 훈련까지 받아야 했다. 그곳에서조차 아들은 전화통을 붙들고 살았다. 안 되겠다 싶어 사단장에게 면담을 신청했다.

아무래도 이 녀석에게는 특별한 조치를 취해야겠습니다. 누나 둘에 막내아들로 태어나 집안의 관심을 독차지하고 응석받이로 자라다 보니 이런 것 같습니다. 그러다 보니 군 생활에 적응하지 못하고 이리저리 빠져나갈 궁리만 하고 있습니다. 사단장님, 절대 이 녀석을 다른 곳으로 빼주지 마십시오. 점점 나약해져 가는 사내아이들에게 군대는 마지막 교육장이어야 합니다. 무슨 핑계를 대도 열외 시키지 마시고 모든 훈련, 모든 경계 임무 철저히 하게 해주십시오. 여기서 이 녀석의 청을 들어준다면 평생 편한 곳만을 찾아 도피할 것입니다. 산을 만나면 산을 넘고 물을 만나면 물을 건너는 의지를 심어 주셔야 합니다.

사단장은 긴장을 푼 얼굴로 내게 고맙다고 했다. 30년 군 생활 하면서 이런 청탁은 처음 받아 본다는 것이었다. 병사들 부모를 만날 때마다 보다 편한 곳으로 배치해 달라거나, 한 번이라도 더 휴가를 보내 달라는 청탁을 받게 되는 것이 항다반사恒茶飯事인데 오늘 이런 청탁을 받으니 고맙기까지 하다는 것이었다.

사단장과의 면담을 마치고 바로 아들이 근무하는 대대로 찾아 가 녀석을 만났다. 사단장에게 특별히 청탁하고 왔다는 말에 녀석 은 만면에 희색을 띠었다. 나는 그 만면의 희색에 한 치의 망설임 도 없이 찬물을 끼얹었다.

사단장께 무슨 일이 있어도 열외를 시키거나 보직을 바꾸어 주 지 말라고 했으니 남은 군대 생활은 주어지는 대로 해라. 네가 열외 하거나 근무를 회피하면 그만큼 다른 병사가 고생해야 하는 것이 니 그것은 옳은 일이 아니다. 아빠는 절대 네 청을 들어줄 수 없다. 이 뜻을 사단장께 전달했으니 알아서 해라. 20개월 남짓 짧은 군 대 생활도 견디지 못하고 이리저리 도망할 궁리만 한다면 이보다 열 배 스무 배 더 험한 인생길은 어디로 도망하고 누구에게 미룰 것인가?

절대 열외를 시켜서는 안 된다는 사단장의 전화 명령을 받았다 며 대대장도 옆에서 말을 거들어 주었다.

그 후 아들은 내게 더 이상 어리광을 부리지 않았고, 보직 변경에 대해 언급하지도 않았다. 제대한 지 2년 정도 흘렀지만 아직은 내게 이렇다 저렇다 말이 없다. 나는 아들에게 하나 더 약속을 했다.

결혼을 하거나 무슨 일로 돈이 필요하다면 네 힘으로 필요 자금의 절반을 마련해 오라고 했다. 그러면 그만큼을 너의 아버지인 내가 보태어 주마고 했다. 너도 네 인생의 절반을 책임지고, 아버지인 나도 아들 인생의 절반을 책임지는 이른바 '반띵 협약'을 맺은 것이다. 이 협약을 실천하기 위해서는 아들놈이나 아버지인 나나 적지 않은 인내심이 필요할 것이다.

휴대전화가 없어서
행복하다고?

　　　　"지도자, 날씨가 꾸물꾸물 심상치 않은데 벼는 다
벤 거야?"

　"다 베긴요? 아직 갓골 논과 진너머 논이 남았어요. 이장님은 다
베셨어요?"

　"다 베긴? 우리 것은 고사하고 베 주마고 약속한 동네 사람들
것도 아직 많이 남았지."

　"이장님 노릇 하기 힘드시네요. 내 것보다 남의 것에 더 신경을
써야 하니."

　"아, 이 사람아, 새마을 지도자는 안 그런가? 자네도 동네 일 때
문에 동분서주하지 않나?"

　"그렇긴 하지요. 저도 부탁 받은 곳이 많아요. 더구나 마을회관 재
건축 공사도 지지부진이라 여간 신경 쓰이고 바쁜 것이 아닙니다."

"그런데 자네 혹시 지난번 농협 교양 강좌 빵꾸 냈던 나잘난인지 저잘난인지 하는 소설가가 라디오에 나와서 흰소리 질러대는 소리 들어 봤어?"

"몰라요. 못 들었는데요. 그날 강사가 오기를 기다리며 끝까지 남아 있던 사람들 이야기로는 세 시간이나 늦게 왔다던데요."

"그랬다더군. 어떤 사람은 그 소설가가 끝까지 남은 사람들에게 미안하다며 보내 준 자필 서명한 소설책을 가보처럼 보관하고 있다고도 하던데."

"아이구 이장님 어쩐대요? 이 기회에 가보 하나 늘릴 수 있었는데 그 기회를 놓치셨네요."

"그런데 말이야, 그 소설가라는 작자가 라디오에서 뭐라고 씨부렁댔는지 알아?"

"아니 이장님, 라디오를 들어 봤어야 알지 어떻게 압니까? 그날 끝까지 남아 있다가 책까지 얻는 횡재를 한 부녀회장 말에 따르면 뭐 배려래나 하심下心이래나에 대해 열변을 토하고 갔다는데 혹시 그 이야기를 또 했습니까?"

"아니 그건 아니구, 이장협의회에 갔다가 오는 차 안에서 우연찮게 들었는데, 아 글쎄 그 작자가 우리 농협에 왔던 이야기를 하더라구. 여자 진행자가 묻는 말에 소설가 양반이 대답하는 형식인데 여러 물음 중에 휴대전화 이야기가 나왔어. 아마 방송국에서도 그 작자에게 연락하기가 쉽지 않았나 봐. 요즘 같은 시대에 휴대전

화가 없어 불편하지 않으시냐는 물음에 불편한 것보다는 좋은 점
이 더 많다고 씨부리더군."

"좋은 점, 아이구 그 알량한 좋은 점이 뭐래요?"

"쓸데없는 소음에 시달리지 않아 좋구, 나 혼자만의 시간에 매달
릴 수 있어서 좋구, 누가 죽었네 살았네 사돈에 팔촌까지 연락 오는
것 없어서 좋구, 온갖 광고 홍보성 문자나 전화에 정신 팔리지 않아
서 행복하다는 것이지."

"아니 뭐 세상 살다 보면 다 그런 것 아닌가요? 그런 거 저런 거 다
싫으면 혼자 산 속에 들어가 토굴 속에 살면서 '나는 자연인이다!'
하며 아예 나오질 말든가. 이야기 들어 보니 그 사람 여기저기 갈
만한 곳에는 다 발 담그는 마당발인 것 같던데요. 대선 때도 여기
저기에 이름 걸어놓더구만요."

"하긴 이 시골 구석 농협 교양 강좌에도 온 것을 보니 어디든 안
가겠어? 그런데 라디오에 나와 하는 말이 가관이야. 휴대전화가 없
어 불편한 적이 있으셨냐는 물음에 답을 했는데 뭐랬는 줄 알아.
어느 단체에서 교양 강좌 청탁이 와서 가기로 한 날 교통이 어찌나
막히던지 세 시간이나 지각을 했대. 그때 휴대전화가 있었다면 연
락을 해서 너무 늦으니 강의를 취소하라든지, 죄송하지만 기다려
달라든지 했을 텐데 그러지를 못해 그때는 좀 불편했다나. 막상 도
착해 보니 참석했던 사람들 대부분이 기다리지 못하고 가버리고
20여 명이 남아 있어 그분들에게 사과하고 나중에 책을 보내 주었

노라고, 자리를 뜨지 않고 세 시간이나 기다려 준 수강생들이 진정한 배려심을 가진 분들이고 고마운 분들이라고. 아마 그곳이 우리 동네 농협을 이르는 것 같더라구."

"아니 이장님 뭐라고요? 남아 있던 사람들이 배려심을 가진 사람들! 그날 우리가 얼마나 발을 동동 구른 줄 아시잖아요? 농협 상무는 아침에 분명히 집전화로 오늘 행사와 관련하여 통화를 했는데 휴대전화가 없어 몇 시간째 강사와 연락두절이라고 울상이었고, 가을 추수철에 여기저기 논밭에 작물을 늘어놓은 농사꾼 이장, 새마을 지도자, 부녀회장 들은 결국 욕을 바가지로 쏟아놓고 자리를 떴고, 농사 걱정 없으니 제발 자리 좀 지켜 달라는 농협 상무의 애원을 저버리지 못한 읍내 늙은이들만 남아 삼삼오오 수다를 떨다가 강의 들은 것 아닙니까? 아니 자기가 그깟 휴대전화 하나 마련했으면 100여 명이 넘는 농사꾼 촌놈들 헛고생 안 시켰잖아요? 휴대전화가 없으면 강의를 하러 다니지 말든가! 진정한 배려를 하려면 중간에 차에서 내려 공중전화로라도 알리든가!"

"내 말이! 세 시간이면 콤바인으로 스무 마지기 진너머 논 다 베어 놓고도 낮잠 한 시간은 자겠다. 하두 유명 작가라구 하는 데다가 농협에서 하는 것이니 눈 밖에 나기 싫어 할 수 없이 갔다가 시간만 허비했잖아? 부지깽이도 뛰어야 한다는 농사철 바쁜 것을 알고 나 한 짓인지."

"맞아요. 유명 소설가님 시간은 금쪽이고 무지렁뱅이 농투성이들 시간은 깡마른 불알쪽인가요? 그러고도 라디오에 나와 그걸 자랑이라고 떠벌리고 있다니."

"왜 그 소설가라는 인간은 남아 있던 사람만 생각하고 기다리다 지쳐 떠난 사람들에게는 배려를 안 했을까? 그럼 나도 가보 하나 챙기는 것인데."

"아이구 이장님, 그런 가보 넘보지 마시구요 얼른 저 혼자 사시는 귀빼미 할머니네 벼나 빨리 베러 가세요."

안이토리 安二土里

　　　　　　　모내기철이 코앞으로 다가오자 금위영禁衛營 군사들의 날선 재촉은 날이 갈수록 심해졌다. 모내기가 시작되기 전 수구문水口門 개축 공사를 마쳐야 일꾼들을 고향으로 돌려보낼 수 있기 때문이다. 농자천하지대본農者天下之大本을 국시로 내세운 나라에서 농사철을 놓치는 것은 크나큰 범죄 행위요, 민심을 거스르는 것이었다. 그래서 한양에 도읍을 정하고 처음 도성을 쌓을 때도 농사철을 피해서 팔도 일꾼들을 불러모은 것이었다.

　"야, 이놈들아! 빨리빨리 서둘러야 될 것 아냐? 이달 보름까지는 하늘이 두 쪽 나는 수가 있어도 수구문 개축 공사를 마치고 일꾼들을 모두 고향으로 돌려보내 농사짓게 하라는 것이 어명이시다, 어명!"

　"감관 나으리! 누가 그걸 모릅니까? 우리도 죽을 지경입니다. 하루빨리 고향에 가서 부모님도 뵙고, 토끼 같은 새끼들도 보고,

92 베이비부머의
반타작 인생

일각여삼추一刻如三秋로 사내 품 그리워하는 마누라도 달래 줄 것
아니것소?"

"안 편수! 그러니까 석수장이들을 몰아치라니까. 고향이 그렇게
그리우면 오늘부터는 횃불 켜고 밤샘 작업을 하자구. 날짜를 못 맞
추면 우리는 죽은 목숨이나 다름없다구. 자네만 고향에 못 가는 것
이 아니구 엎어지면 코 닿을 도성 안에 집을 놔두고도 벌써 한 달
가까이 나두 못 가구 있네. 마누라가 도망을 갔는지 딴 서방을 꿰
찼는지도 모를 지경이네."

"감관 나으리, 나는요 재작년 겨울에 붕괴된 남산 성벽 쌓는 데
끌려나가 고생 고생한 것이 엊그제입니다. 이제 다시 이 시구문屍口門
수축 공사에 끌려왔으니 이놈 몸뚱어리 팔자가 원망스럽습니다."

"어쩌겠나? 나라님이 시키는 것을. 자네나 나나 그저 하라면 하
는 수밖에 없는 처지인 것을. 그나저나 자꾸 시구문 시구문 하지
말게나. 광희문光熙門일세. 광희문이라는 말이 안 나오면 수구문이
라 하라구. 일꾼들마다 자꾸 시구문 시구문 하니까 언제 어디에서
시체가 나타나는 것이 아닌가 으스스하다구."

감관監官이라고 수구문 밖 무당골 사람들이 시구문이라 부르는
것을 모를 리가 없었다. 일꾼들도 일꾼들이지만 감관도 자신을 이
수구문 개축 공사에 파견한 도제조 영감에게 불만이 가득 쌓인 처
지였다. 병자호란이 끝난 뒤 청나라 눈치를 보느라 임진년과 병자

년에 일어난 두 난리통에 무너진 성곽이며 궁궐을 개축하지 못하고 방치하다가 금상今上, 숙종이 즉위한 뒤 청나라의 간섭이 미약해진 틈을 타서 한양도성이며 북한산성을 수축하는 일에 국력을 모았다.

공사를 벌이는 곳이 도성 안팎 수십 군데인데 하필 자신을 시구문 개축 공사 책임 감관으로 보낸 것이 못내 께름칙했다. 도성 팔문八門 가운데 도성 안에서 사람이 죽으면 그 시신을 내보내는 문은 수구문과 소의문(서소문) 두 군데뿐이다. 그래서 두 문 바깥 동네 산자락에는 온통 공동묘지뿐인 것이다. 그중에서도 수구문은 나가는 시체 수가 더욱 많았다.

개축 공사를 하는 기간에도 도성 안 사람들은 끊임없이 죽어서 사흘이 멀다 하고 상여가 문밖으로 나가고, 거적에 둘둘 만 시체를 야밤을 틈타 몰래 내보내려다 순라군巡邏軍에게 붙들리는 경우가 허다했다. 도성 안에서 역병疫病이라도 돌면 수구문 밖 무당골 개천에서는 내다 버린 시체 썩는 냄새가 진동하고, 골목 무당집마다 넋걷이굿으로 날밤을 새우는 날이 허다하니 마을 사람들 모두 시구문이라 부르는 것은 당연했다.

이렇다 보니 감관이나 석수장이, 일꾼들의 꿈자리가 밤마다 뒤숭숭한 것은 당연지사였다. 감관은 이런 꿈자리에 시달리는 것을 빨리 끝내고 싶어서라도 공사 기간을 단축하려고 일꾼들을 몰아치는 것이었다.

"감군 나으리, 허구한 날 돌을 쪼아대고 집채만 한 돌을 갈아대는 통에 석수장이들 모두 가는귀가 먹었어요. 게다가 사나흘들이로 시체가 수구문 밖으로 나가고, 그것 썩는 냄새를 반찬 삼아 밥을 먹으니 꿈자리가 여간 뒤숭숭한 게 아니랍니다. 이런 상황인데도 횃불 켜고 밤샘 공사까지 계속하라시면 언제 어디에서 사고가 터져 우리마저 무당골 개천에 버려지는 신세가 될지 모릅니다. 귀동냥해 보니 북한산성에서 석재 나르다가 대동거大童車에 깔려 죽은 석공과 승군僧軍들이 수두룩하다 합디다."

"안 편수, 자네 말을 이해 못 하는 것은 아니네만 그러나 어쩌겠나? 자네나 나나 매여 있는 신세이니. 아무튼 육축陸築 공사가 거의 끝나 가니 서둘러 홍예虹蜺 공사를 위해 돌 다듬는 일을 서둘러 주게. 금상의 증조이신 인조대왕께서 치욕스럽게도 이괄의 난과 병자년 오랑캐들의 난리 때 도성을 버리고 이 문으로 두 번이나 도망가지 않으셨나? 그래 그런지 금상께서 그 치욕을 씻고자 이 수구문을 더 튼튼하게 수축하라 엄명하셨다는군."

"튼튼하게 지어 놓으면 뭣합니까? 임진년 왜구들의 난리 때나 병자년 오랑캐 침략 때도 백성들은 도성 안에 내버려두고 먼저 성 밖으로 줄행랑을 친 분들이 뉘신데요? 죽어 넘어가는 백성들이 나라님 눈에 뵈기나 했겠습니까?"

"아 이 사람아, 입조심해. 그러다가 쥐도 새도 모르게 잡혀갈지 모르네."

"언제 성돌에 깔려 죽을지 모르는 몸뚱어리인데 아무럼 어떻겠습니까? 이 개고생을 하느니 차라리 산도적이 되겠다고 도망친 일꾼들이 벌써 몇 명입니까? 저라고 어찌 도적이 되고 싶다는 생각을 아니 했겠습니까? 처자식 생각, 똥파리 십장만도 못한 편수라는 알량한 책임감 때문에 이러지도 저러지도 못하고 있는 겁니다."

"안 편수, 자네 주둥이 함부로 놀리다가 국법에 죽임을 당할 수도 있네. 말조심하라구."

"감관 나으리, 내가 죽임을 당하면 남은 석수와 일꾼들 데리고 수구문 개축 공사를 기한 내에 마칠 수나 있을 것 같습니까? 당장 그날 밤으로 모두 줄행랑을 놓을 것입니다."

두 사람의 언쟁에 일찌감치 일손을 놓고 귀를 세운 석수들이 국법에 죽임을 당할지도 모른다는 감관의 말에 분노한 얼굴로 안 편수 주위로 몰려들었다. 물색을 알아차린 금위영 군사들도 재빨리 감관 주위로 하나둘 달려왔다. 진퇴양난의 상황을 만난 감관의 낯빛이 금세 어두워졌다. 당장이라도 안 편수를 포박해 금위영으로 끌고 가고 싶었지만 코앞에 닥친 완공 시한 때문에 무작정 몰아칠 계제만도 아니었다.

"안 편수, 그래도 이 사람아 도적보다는 편수 자리가 낫지 않겠나? 가족을 생각해야지?"

"왜 안 그렇겠습니까? 가족이 고향에서 기다리고 있으니 도적이 될 수도 없고. 에이 빌어먹을 어서 빨리 이 지긋지긋한 공사를 끝내고 살아서 고향에 가는 것이 유일한 꿈입니다. 작년 봄 목멱산 자락 성곽 수축 공사를 끝내고 나니까 그곳 감관 나으리께서 성벽 돌에 내 이름을 새겨 주신다 하더군요. 이 무지렁뱅이 석수쟁이 이름은 새겨 뭣하냐고, 고향 가는 여비나 두둑이 달랬더니 뭐 사람은 죽어서 이름을 남겨야 된대나 뭐래나. 누가 모를까 봐 그런 사탕발림을 하더라고요. 아 그거 성벽이 다시 무너지면 그 책임을 물어 치도곤 먹이려는 것 아닙니까?"

"그래 잘 생각했네. 근데 자네 이름이 목멱산 도성에 새겨졌단 말이지?"

"저것이 네 이름이다 보여주길래 내 이름인가 보다 했지 까막눈이 언문諺文인지 진문眞文인지 알기나 하나요? 그렇대니까 그런가 부다 했지요. 근데 이상한 것은 분명 우리 아버님께서 내 이름을 둘째 아들이라 '안, 이, 돌' 세 글자로 지어 주셨는데 성곽 돌에는 '변수邊首 안, 이, 토, 리安二土里' 네 글자로 새겨져 있다고 누가 일러주대요. 뭔 영문인지 알 수가 있어야지요?"

"이 사람아, 석수장이의 우두머리인 자네를 '편수'라 하지 않나? 그것을 진문으로 적어 '변수'라 새긴 것이고, '안이돌'의 '돌'은 진문에는 마땅한 글자가 없으니까 '토리土里'라 풀어 적은 것이라네. 왜 아낙네들 이름 중에 원치 않던 웬 딸년이 또 태어났다고 '언년'이라 부르는 이름이 많잖은가. 그것을 진문으로 적은 것이 '어인년

於仁年'일세."

"언년이는 우리 고향에만도 서너 명은 됩지요. 제 나라 글자도 어 엿이 있는데 되놈들 글자로 적다니, 거참 알다가도 모를 일이네요."

"안 편수, 이 수구문 공사가 끝나도 자네 이름을 성돌에 새겨 주겠 네. 혹시 알겠는가? 먼 훗날 자네 후손 중에 진문을 깨우친 자손이 있으면 알아볼 수도 있지 않겠는가?"

"부질없습니다. 먼 훗날 자손이 지 할애비 이름 넉 자를 알아보는 것보다 당장 고향에 있는 처자식들 배나 곯지 않았으면 좋겠습니다. 몸뚱어리 하나로 사는 팔자 살아서 고향에 돌아가는 것이 젤로 큰 소망입니다."

"그래야지! 자네들이나 나나 똑같은 소망일세. 저 홍예돌 다 쌓고 마지막으로 쐐기돌만 올려 끼워 넣으면 나머지 일이야 식은 죽 먹기지. 쐐기돌만 무사히 올리면 내가 소는 못 잡아도 돼지 한 마리 잡아 잔치 한번 열어 줌세."

"기왕 잡는 것 100근 넘는 돼지는 잡으셔야 모처럼 고기 먹느라 밤샘 한번 해보지 않겠습니까?"

석수장이들은 돼지꿈을 꾸어 가며 사흘 밤낮을 쪼고 다듬어서 수구문 안팎에 쌓을 홍예석 스물네 개와 쐐기돌 두 개를 완성했다. 감관은 석수장이들을 독려하기 위해 100근도 훨씬 넘는 암퇘지를 구해다 공사장 한편에 묶어 두었다.

베이비부머의
반타작 인생

수구문 개축 공사에 동원된 일꾼들과 금위영 군사들이 모두 모여 홍예문의 쐐기돌을 올려 박는 날이 왔다. 쐐기돌 하나 무게가 천 근도 넘어 보이니 도르래 지지대가 제대로 버텨 줄지 걱정이 앞섰다. 돼지는 벌써 가마솥에서 설설 끓고 있었다.

　수구문 바깥쪽의 쐐기돌을 무사히 올려 박은 뒤 일꾼들은 곯은 배를 움켜쥔 채 도르래를 문 안쪽으로 옮겨 가면서도 눈은 연신 튼실한 암퇘지를 삶는 가마솥 쪽으로 돌렸다. 먹고 하자는 일꾼들과, 끝내고 먹자는 일꾼들 사이에 작은 실랑이가 일었지만 감관은 어디 고기만 먹을 수 있냐, 기왕 먹는 것 일 끝내고 술도 배지껏 먹자고 부추겼다. 편수 안이돌도 감관의 말을 따르기로 했다. 일을 마무리하고 새벽 먼동이 틀 때까지 퍼질러 앉아 먹는 것이 열 배 백 배 나을 것이라 되새겼다.

　안 편수가 일꾼들을 다독이며 쐐기돌을 도르래로 끌어 올리는 순간 지지대가 한쪽으로 기우뚱하더니 쐐기돌이 하필 안이돌의 몸을 덮쳤다. 순식간이었다. 누구도 손을 쓸 수가 없었다. 안이돌의 단말마가 무당골 산골짜기를 울렸다.

　안이돌은 뜨끈한 돼지국물은커녕 고향 땅도 밟아 보지 못한 채 허망하게 죽어간 뒤 역사는 이 사실을 이렇게 간략하게 기록했다.

禁衛營啓 曰, 今此水口門改築時, 虹霓石安排之際, 本營石手安二土里,
爲石所壓, 以致重傷, 多般救療, 終至殞命, 事極驚慘。自本營, 題給若干
米布, 使之斂葬之意, 敢啓。
答曰, 知道。令該曹恤典擧行。

금위영에서 임금에게 장계를 올려 아뢰기를 "이번 수구문 개축
할 때 홍예석을 배치하던 중에 금위영 소속 석수장이 안이토리
가 돌에 깔려 중상에 이르렀습니다. 여러 방편으로 치료하였으
나 끝내 운명하였습니다. 참으로 놀랍고 참담한 일입니다. 금위
영에서는 약간의 쌀과 옷감을 지급하여 염을 하여 장례를 치르
게 하였으면 해서 감히 장계를 올립니다."

임금이 답을 내렸다. "알겠으니 그리하도록 하라." 임금은 해조
(=호조)에 명하여 구휼하도록 하였다.

- 『승정원일기』, 숙종 37년(1711년) 4월 8일

2부

언제든 돌아갈
자신이 있다

하루 세 끼가 꿀맛입니다

"스님, 제가 그동안 모은 영치금 모두를 제 고향 고아원에 보내 주십시오. 이 돈이 그 아이들이 공부하는 데 조그만 보탬이라도 된다면, 가난 때문에 나쁜 길로 빠져드는 어린아이 하나라도 구제할 수 있다면 여한이 없겠습니다. 부끄럽지만 제가 오십 평생 살면서 처음으로 사람 노릇을 해보는 것 같습니다. 이렇게라도 해야 저를 옥중 상좌로 받아 주시고 아들로 삼아 주신 스님의 은혜에 보답하는 길이기도 하구요."

"여보게 길상이, 고맙긴 하네만 이곳에서도 쓸 데가 많을 텐데. 입맛 없을 때 주전부리라도 사서 먹든가 하지?"

"아닙니다. 여기서 주는 밥만으로도 충분합니다. 제 평생 여기에서처럼 하루 세 끼 꼬박꼬박 챙겨 먹은 적이 없는 걸요. 그리고 제가 무슨 낯으로 입맛 밥맛 타령을 하겠습니까? 여기에서의 하루 세 끼가 정말 꿀맛인 걸요."

"자네가 이렇게 마음을 잡고 큰 보시를 해주니 이게 다 붉은일세. 자네가 부처일세. 내가 맨 처음 자네를 만났을 때는 자네 눈에서 불길이 솟았었네. 분노의 불길이었지. 지금 자네의 눈에는 부처의 자비심이 가득하네. 이 날이 오기까지 잘 참아 주었고, 마음 닦는 일을 게을리하지 않은 결과일세. 고마우이."

"스님, 이젠 내일 불려 나간다 해도 괜찮습니다. 우리나라에서는 10년 넘게 사형이 집행되지 않았다 하지만 제 목숨이야 이미 죽은 것이나 다름없지 않습니까? 스님을 뵈온 지 벌써 10년이 넘었습니다. 이 세상에 태어나서 제대로 사람 대접을 받아 본 것이 스님에게서 처음입니다. 아버지는 아예 얼굴도 보지 못했고, 어머니는 우리 네 식구 목구멍에 풀칠하기 위해 밤낮없이 이리 뛰고 저리 뛰어야 해서 애들이 집에서 잠을 자는지 한뎃잠을 자는지 관심을 둘 틈이 없었지요. 그것뿐인가요? 학교를 갔는지 바닷가에 가서 하염없이 돌팔매질을 하는지 알려 하지도 않았지요. 준비물은커녕 숙제도 안 하고 학교에 갔다가 번번이 선생님께 매질을 당하고는 결국 학교 문을 박차고 뒷골목으로 빠져들었었지요. 스님, 저의 이 이야기도 이젠 귀에 못이 박히셨지요?"

"처음 자네가 말문을 열기 시작할 때부터 수없이 들었지. 이젠 그 이야기를 하면서도 아주 담담해하는구만. 자네가 사형이 확정된 뒤에는 자네를 부리던 조직의 선후배 누구도 면회를 오지 않는

다구, 나가기만 하면 모두 도륙하겠다고 얼마나 이를 갈았나? 나를 붙들고 제발 사형만은 면하게 탄원을 내달라구, 감옥에서 나가는 날 자네를 이 지경으로 만든 인간들을 반드시 다 죽여 버리고 죽겠다고 애원했던 것을 왜 모르겠누?"

"그랬지요, 스님. 아니 아버님! 그러나 이젠 여기가 제 꽃자리임을 깨우쳐 주신 아버님 덕에 마음이 아주 편합니다. 하루에도 몇 번씩 죽었던 제가 이제는 아침에 눈뜰 때마다 하루가 고맙고 기쁠 뿐입니다. 그토록 저주하고 싶었던 기억들을 모두 내려놓고 스님 덕에 새로운 마음으로 출발한 지 벌써 오 년이 넘습니다."

"길상아, 내가 더 고맙구나. 자네가 이렇게 철이 들고 깨우침을 얻었으니 나도 이 세상에서 뜻깊은 일 하나를 한 것 같아 산 보람이 있구나."

"스님, 제 대신 제 고향 고아원에 꼭 가주세요. 가서 한말씀만 전해 주세요. 그 누구의 삶도 한 번뿐이니 한순간 한순간 선택의 기로에 서거든 꼭 기도하고 결정하라고, 가난과 외로움에 슬프고 아프고 괴로울수록 기도를 통해 바른 선택의 삶을 택하라고 전해 주세요. 제가 수년간 모은 영치금으로 주전부리나 하고 내 몸 하나 더 편해 보자고 물건을 사는 것보다 어느 가난하고 외로운 아이 하나가 선택의 기로에 섰을 때, 이 영치금이 바른 길로 가는 데 도움이 된다면 저도 한세상 산 보람이 있을 것입니다. 이 모든 가르침이 아버님 덕이고 부처님 덕입니다. 이젠 정말 내일 불려 나간다 해도 기쁘게 당당하게 나갈 것입니다. 더 이상 누구를 탓하고 원망하지 않겠습니다. 스님 말씀대로 제가 지은 업業을 제가 풀고 가야지요."

"나무관세음보살!"

언제든 돌아갈 자신이 있다

철민 애비, 몸은 좀 어떤가? 위 세척을 단단히 했으니 곧 괜찮아질 걸세. 이 사람아, 살충제는 벌레 잡는 약이지 사람 잡는 약인 줄 아는가? 다행히도 철민이가 일찍 발견해서 119에 신고했기에 망정이지 하마터면 내가 자네 조의금 낼 뻔했네그려. 중늙은이 죽음에 조의금 내는 것보다야 그 중늙은이에게 술값을 내는 게 백배 천배 낫지 않은가?

철민 애비, 자네 베이비부머라는 말 아나? 중학교 문턱은커녕 초등학교 졸업도 제대로 못 한 자네에게 영어를 써서 미안하이. 하긴 우리 국민학교 다닐 때 담임선생님 대신 내가 자네 나머지공부 가르친 선생이지 않은가? 그러니 동갑내기 선생 너무 꼴사납다고 고깝게 듣지 말게. 베이비부머가 뭐냐 하면 6·25 전쟁이 끝나자마자 그동안 낳지 못한 아이들을 줄줄이 낳았는데 그때 태어난 아이들을 일컫는 말일세. 1955년부터 1963년 사이에 태어난 세대들이 여기에 해당한다네. 자네나 나 모두 1956년생 잔나비띠이니 베이비 부머 세대의 왕고참일세.

지금이야 우리 고향 김포를 수도권이네 신도시네 야단법석을 떨지만 우리가 국민학교를 다닐 때만 해도 어쩌다 마을에 들어오는 자동차 매연 냄새를 생일날 얻어먹는 쌀밥 냄새라도 되는 듯 뒤쫓아 가며 맡아 댈 정도로 깡촌 아니었나? 그리고 그 시절 우리가 어디 사람대접 제대로 받기나 했나? 애를 낳아 놓고도 한두 해 지나서야 출생신고를 하는 것이 보통이었지. 자네도 호적에 생년월일이 제대로 되어 있지 않지?

그때는 위생 상태며 영양 상태가 엉망이라 애를 낳아 놓으면 죽고, 또 낳아 놓으면 또 죽으니 아이가 돌이 지나도록 살아 있어야 출생신고를 하지 않았나? 심지어는 두 돌을 넘기고야 출생신고를 하는 아이들도 있었다네. 아이를 낳았다고 덥석 출생신고부터 해 놓았는데 두어 달도 못 살고 바로 죽으면 호적에 잉크 물도 마르기 전에 부랴부랴 사망신고를 해야 하는 번거로움이 귀찮았던 시절 아니었나? 열을 낳아 다섯 기르면 성공이라 할 정도로 신생아 사망률이 높던 시절이니, 우리가 환갑이 낼모레인 지금껏 목숨을 부지하고 있는 것만으로도 축복이 아니겠는가? 그런데 이 몹쓸 사람아, 그 소중한 목숨을 환갑도 되기 전에 끊으려 했단 말인가?

자네 어머님도 그러셨겠지만 우리 어머님도 여덟을 낳아서 셋을 잃으셨다네. 살아남은 다섯 중에 출생신고를 제대로 한 자식은

60년대에 태어난 내 막내 여동생뿐이라네. 우리가 어디 사람대접 제대로 받은 세대들인감?

위로 누님 둘을 낳은 뒤에야 아들 귀한 집안에서 나를 얻으셨음에도 아버님은 돌이 지난 뒤로 출생신고를 미루신 바람에 그 후유증은 지금까지도 생생히 남아 동갑내기들과 술자리에서 형이네 아우네 입씨름하다가 급기야는 '민증民證 까자'는 상황까지 가게 된다네. 이런 사태가 종종 벌어지니 그때마다 아버님을 원망하는 불상사가 벌어지곤 한다네.

호적에 오르는 일부터 이렇게 뒤틀린 세대인데 우리가 무슨 먹을 복 입을 복이 풍성했겠는가? 산전수전 다 겪으며 힘들게 산 자네에 비하면 나야 유구무언이기는 하지만 내 인생도 만만치가 않았다네. 다행히도 아버님의 교육열 덕에 대처에 나가 중학교 공부를 하는 복을 누리긴 했지. 그러나 그것도 완전한 복은 못 얻어서, 서울로 중학교 유학을 가려는 길이 막혀 버렸지 뭔가? 뭐 누구의 아들이 중학교에 갈 나이가 되었는데 시험을 봐서는 명문 중학교에 갈 실력이 못 되어서 그랬대나 어쨌대나. 서울이 무시험 뺑뺑이 첫해에 걸리는 바람에 울며 겨자 먹기로 인천으로 중학교를 갈 수밖에 없었다네.

중학교에 입학하면서 기어이 고등학교는 서울로 가리라는 당찬 각오를 했었는지 기억은 없지만, 하여튼 나는 중학교 졸업 성적

상위 10%는 동일 고등학교로 가야 한다는 학교 방침을 거역하고 서울의 고등학교 시험을 봤다가 보기 좋게 낙방을 했었지.

고입 재수는 서울에 있는 학원에 가서 해야 한다는, 일찌감치 서울 물을 잡수신 일가친척들의 조언에도 아랑곳없이 아버님은 나를 다시 깡촌으로 불러 내리셨지. 내려와서 동네 사람들에게 자네 소식을 물으니 서울 건설회사에 다니며 돈을 잘 번다고 하더군. 순간 자네를 따라 올라가 나도 돈을 벌까도 생각했다네. 그때는 돈 버는 자네가 부러웠거든.

공부할 놈은 어디서든 하는 것이니 고향에 내려와 독학을 하라는 말씀이셨지만, 학교 등록금보다 서너 곱절 비싼 학원 수강료가 부담이 되어 그러셨을 것이라는 사실을 깨달은 것은 나도 세 아이의 애비가 된 뒤, 이미 아버님께서 돌아가신 한참 뒤였다네.

아무튼 하릴없이 깡촌으로 다시 내려온 나는 소를 끌고 이 산 저 산 다니며 풀도 뜯기고, 사랑방에 들어앉아 공부를 하는 둥 마는 둥 세월을 낚다 보니 시간은 잘도 흘러 추석이 쏜살같이 다가왔지. 고등학교 입학시험까지는 불과 두세 달밖에 남아 있지 않았지만 내 실력은 뒷걸음만 치고 있었지. 집안 사정을 뻔히 아는 나는 서울의 학원에 가겠다고 떼를 쓰지도 못하고 처분만 기다리고 있을 즈음 서울에서 구세주가 내려오셨다네. 추석을 맞아 이모부께서 내려오셔서 아버님을 설득해 주신 것이지. 애를 이대로 두었다가는 고등학교 진학은 생각도 마시라며 무조건 나를 서울로 데려가시겠다고 내 손목을 잡아끄셨지.

그러나 학원비도 학원비려니와 당장 서울에 입고 갈 변변한 옷 한 벌이 없었다면 자네는 믿겠나? 칭얼대는 내게 어머니는 중학교 때 입던 여름 교복을 꺼내 오셨지. 바지는 그런대로 벗고 가는 것 보다는 나을 정도가 되어 입기로 했지만 윗도리는 도저히 입을 수 가 없었다네. 중학교 3학년 때 뒷자리에 앉았던 친구가 잉크가 묻 은 펜촉을 휙 뿌린 바람에 등짝에 잉크 자국이 대각선으로 뚜렷이 남아 있었지. 벗고 가면 갔지 도저히 못 입겠다고 칭얼대는 내 등 짝에 아버님의 손자국 서너 개가 선명히 남은 뒤에야 나는 그 교 복 윗도리를 입고 서울로 쫓기듯 올라갔지. 공부고 뭐고 돈을 버는 자네를 따라가는 것이 낫겠다고 다시 한 번 생각한 순간이었다네.

그날 저녁 서울에 도착하자마자 맨 처음 한 일이 뭔 줄 아나? 이 모를 따라가 시장에서 윗도리를 장만한 것이었다네. 그 옷 한 벌로 그해 가을을 버텼지. 40년이 넘는 서울 생활을 뒤돌아보면 거지나 다름없이 시작했지만 그래도 지금의 삶은 그 옛날과 비교해 보면 조선시대 임금보다도 나은 면도 있다네. 자네도 그렇지 않은가?

철민 애비, 자네 문병을 다녀온 뒤 자네에게 편지 한 통 쓴다는 게 내 이야기만 횡설수설했네. 자네를 만나니 문득 주마등처럼 흘 러간 지난 시절이 떠올랐다네. 이젠 우리도 늙었나 보군. 요즘 내

남직없이 경제적으로 견디기 힘들어하는 우리 또래들이 많지? 우리 세대를 일컬어 '낀 세대'라고 하지 않나? 부모에게 효도하는 마지막 세대, 자식들에게 다 물려주고 버림받는 첫 세대라나 뭐라나. 부모와 자식 사이에 끼여 정작 자신은 빈털터리가 되는 세대. 좀 슬프기는 하지? 그 와중에 고통과 소외를 견디지 못하고 삶을 내려놓는 우리 또래들이 종종 있지 않나? 자네도 그 경우고.

그러나 조금만 달리 생각해 보세. 불과 40~50년 전 우리가 어떻게 살았는가를. 물론 몇몇이야 그 시절에도 호의호식하며 살기는 했지만 대부분의 사람들이 먹을 것 입을 것 없이 하루하루를 연명하듯 살지 않았는가?

자네 다시 생각해 보게. 그 시절 삶이 나은지, 자네가 내려놓으려 했던 지금의 삶이 나은지? 우리 세대는 출생신고조차 유예된 삶을 살았고, 먹을 것을 찾아 산으로 들로 헤맨 사람들이 어디 한둘이던가. 점심시간이면 슬그머니 교실을 빠져나가 학교 우물가로 달려가던 아이들, 학교 건물 지을 벽돌을 날라 오면 그 보상으로 미국의 잉여농산물을 지원받은 옥수수빵과 전지분유 가루를 받아먹으며 견디던 아이들이 우리란 말일세. 우리는 그 시절도 씩씩하게 이겨낸 세대인데 하물며 이 풍요의 시대를 못 견디겠는가.

철민 애비, 다른 것은 다 말고 남과 비교하는 어리석음만은 말게. 잘살고 못사는 것은 하늘의 뜻이라 여기고 다시 힘을 내게. 까짓

마누라야 도망을 갔다 해도 그래도 애비 죽을까 봐 통곡하는 아들이 둘이나 있지 않은가? 거지나 다를 바 없는 삶을 살아본 우리들이기에 언제든 저 옛날로 다시 돌아가도 꿋꿋이 살아낼 수 있다는 힘이 우리에게 있지 않은가. 자네는 아직 몸이 쓸 만하니 그 힘을 다시 쓸 곳을 찾아보게, 철민 애비.

SUB-3

　　　　　스타트 라인에 서니 회사에서 대기발령을 받던 날의 기분이다. 그것은 25년 동안 오직 한 직장만을 위해 달려온 내게 느닷없이 떨어진 사약이었다. 몸뚱이도 마음도 모두 다 쉬어 버린 50대의 이 나이에 두려울 것 없다, 사약을 내린다면 기꺼이 마셔 주마 하고 벌컥벌컥 들이켤 수도 없는 노릇이었다. 아직도 두 아이가 대학에 다니고 있지 않았던가. 그렇다고 마냥 죽일 테면 죽여 봐라 버티자니 점령군들의 눈초리가 차가웠다.

　　드디어 출발 총성이 울린다. 수만의 러너들이 랩타임을 재며 춘천 호반을 달리고 있다. 아직 5킬로미터 지점도 통과하지 못했는데 긴 오르막이다. 어디 마라톤 코스만 이럴까 위안이 된다. 직장 생활은 안 그랬던가. 신입 사원 시절 하루에도 몇 번씩 사표를 썼다 찢었다 했던 기억이 새롭다. 밤샘을 밥 먹듯 하던 처음 3년은 다시 생각하기도 싫은 날들이었다.

10킬로미터 지점을 통과했다. 42분 51초. 성공적이다. 아무래도 이번만큼은 서브 쓰리를 이룰 것 같은 자신감에 늦가을 단풍에서도 생기를 느낀다. 가창오리 떼 같은 러너들은 있는 힘을 다해 오직 한 방향으로만 달려간다.

친구들과 회사 동료들의 부러움을 한 몸에 받으며 나는 대기업에서 승승장구했다. 해외여행이 낯설던 시절에도 한 해에 백 일 넘게 해외출장을 다니며 으스대기도 했다. 내가 속한 팀에서 디자인한 자동차가 베스트셀러가 되어 빈사지경에 빠졌던 회사는 기사회생하여 탄탄대로를 걸었다.

20킬로미터 지점이다. 1시간 24분 26초. 분당 238미터 정도를 달린 셈이다. 내게는 신기록이다. 그동안 하프 마라톤에서조차 이루지 못했던 기록이라 스스로 대견하다. 군대에 가 있는 아들 생각이 간절하다. 지난 휴가 때 나와 너무 힘들어 탈영까지 생각해 보았다는 아들에게 아마추어 마라토너의 꿈인 서브 쓰리를 약속했다. 나로서는 처음 도전하는, 3시간 이내에 풀코스를 완주하는 기록이다. 네가 군대에서 고생하는 것만큼 아빠도 고생을 자청할 테니우리 함께 고통을 즐기자고 약속을 했다. 하필 그 녀석 입대 무렵에 대기발령을 받은 것이 못내 미안했었다.

지난밤 춘천 근처에서 근무하는 아들을 만나 닭갈비를 안주 삼아 부자간에 소주 한잔을 했다. 다음날 러닝을 앞두고 술이 무리인 줄은 알지만 아들에게 맨얼굴로 실직한 애비의 모습을 보이기에는 아직 자신이 없었다. 아빠가 기어이 서브 쓰리를 해내고야 말 테니 너도 꼭 참고 제대하는 그날까지 참고 견디라고 해주었다. 궁지에 몰려 더는 1분도 버티지 못할 것 같은 때라도 절대로 포기하지 말라고 했다. 그런 순간이 바로 형세가 뒤바뀌는 시점이라고 말해 주면서, 이 말은 나 자신에게 더 필요한 말인데 하는 생각이 들었다.

아들 생각에 힘든 줄도 모르게 어느덧 중간 지점에 다다랐다. 1시간 29분 02초, 1킬로미터당 4분 13초에 뛴 것이다. 파워젤 한 개와 스포츠 음료 한 병을 마시니 한결 몸이 가볍다. 내 스스로 인생의 절반쯤이라고 생각했던 마흔 살 시절, 나는 우리 회사 연구실 프로젝트 팀의 전도양양한 팀장이었다. 점령군만 아니었다면 지금쯤 나는 연구소장을 하고 있을 텐데 하는 부질없는 생각이 바람결에 스친다. 그럼 지금 이 춘천 호반 길을 뛰지도 않았을 테지.

30킬로미터 지점을 통과할 무렵 길가에 쓰러져 있는 낯익은 얼굴이 눈에 잡힌다. 같은 마라톤클럽에서 함께 운동하는 동갑내기 친구다. 이혼의 아픔으로 알코올 중독에 걸렸던 사람인데 마라톤에 입문하면서 활기를 되찾은 이심전심의 갑장이다. 나의 이혼을 자신의 아픔처럼 위로해 주며 페이스 메이커를 자청해 주던 친구를 길가에 버리고 가자니 마음이 쓰리다.

십 년 전 무렵, IMF라는 듣도 보도 못하던 괴물을 만나 회사가 휘청거리기 시작했다. 다른 재벌 그룹과 달리 오너가 없던 우리 회사는 바람 앞의 등불이었다. 구조조정이라는 미명 하에 수많은 직원들이 거리로 내몰렸지만 그것으로 끝이 아니었다. 이내 회사는 다른 재벌 그룹 자동차회사에 넘어갔고, 급기야 점령군이 밀고 들어왔다.

점령군은 연구소 선임 팀장인 내게 칼자루를 쥐어 주었다. 아니 강제로 떠맡겼다. 진퇴양난이었다. 칼자루를 팽개칠 수도, 냉큼 잡을 수도 없는 처지였다. 점령군의 설득과 유혹에 약해진 나는 결국 가족을 떠올리며 칼자루를 쥐고 칼날에 피를 묻히기 시작했다. 추풍낙엽. 숱한 후배들이 내게 이를 갈면서 스러져 갔다. 그로부터 1년 뒤 칼자루는 점령군에게 넘어갔고 나도 칼날을 맞고 말았다. 토사구팽兎死狗烹, 나는 이미 끓는 가마솥에 던져진 존재가 되어 버렸다.

30킬로미터 지점을 통과한 지 채 1분도 지나지 않아 대퇴근과 비복근이 신호를 알려온다. 500미터 간격으로 근육에 경련이 일어나며 뒤틀린다. 서브 쓰리에 너무 집착했나 보다. 배번을 고정시킨 옷핀을 뽑아 허벅지를 마구 찔러댔다. 남은 10킬로미터가 두렵기 시작했다. 숨이 가빠 오더니 심장이 터질 것만 같다. 이게 데드 포인트이구나 하면서, 찌르다 놓치면 다시 뽑아 찌르다 보니 어느덧 4개의 옷핀이 동이 났다. 주저앉아 버리고 싶다. 봉사요원에게 일회용 침을 받아 연신 찔러대며 같이 달리는 러너들에게 허벅지 뒤에서 피가 나느냐고 물으니 피가 보이지 않는다 한다. 있는 힘을 다해 찔러 대니 무언가 허벅지를 타고 흐르는 액체가 느껴진다.

길가에서 응원하던 여자들이 얼굴을 찡그리며 손으로 입을 가리는 모습이 눈에 들어온다. 허벅지가 피로 물든 벌집이겠지. 이를 악물고 달렸다. 허벅지를 더듬어 보니 엉긴 피가 손에 잡힌다. 갑자기 몽롱해진다. 마약의 맛이 이럴 것 같다. 팔을 내리고 흔들어 본다. 순간 남근이 뻐근해진다. 한 줄기 액체가 남근을 통해 내 몸을 빠져나간다. 날아갈 것 같다. 몸이 가볍다. 서브 쓰리를 먼저 달성한 선배들이 오르가슴같이 느껴진다던 세컨드 윈드임을 몸이 먼저 알아차렸나 보다.

35킬로미터 지점을 지나 40킬로미터 지점에 이르러서야 비로소 시계가 눈에 들어온다. 2시간 49분 1초. 쓰러지지만 않는다면 서브 쓰리는 성공이다. 아들이 운동장 스탠드에서 기다리겠지. 멀리 피니시 라인이 보인다.

드디어 통과했다. 2시간 58분 21초. 나는 서브 쓰리를 해냈다. 아들이 저 앞에서 달려오는 것이 보인다. 어디선가 아내가 바라볼 것만 같은 기분이다. 풀썩 쓰러진다. 아들이 제 가슴을 열어 나를 받아 준다.

그거 아세요?
나무꾼과 선녀의 뒷이야기

        제가 오늘 입담 좋은 친구들과 등산을 갔었지요. 그 가운데 박 첨지라고 불리는 글쟁이가 있었는데 무슨 이야기 끝에 불닭발 먹은 이야기를 하다가 나무꾼과 선녀 뒷이야기를 아느냐고 느닷없이 묻더라고요. 나도 이야기깨나 하고 글줄깨나 읽었다고 너스레를 떠는 사람 중 하나이긴 한데 도통 모르겠더라고요. 나야 뭐 그저 나무꾼이 닭 쫓던 개 지붕 쳐다보는 격이 된 데까지밖에 모르거든요. 나무꾼이 너무 착해서 탈이라고, 아무리 눈물을 흘리고 옷을 달라 해도 꾹 참고 사슴인지 노루인지 당부대로 얼른 애 하나 더 만들어 셋이 된 뒤에 줄 것이지, 인정도 병이라고 탓만 했던 사람이거든요. 내 경우라면 셋 낳기 전에는 절대 안 줄 거라고 내심 다짐까지 했다니까요. 그러고 보니 제가 애가 셋이네요.

그 박 첨지 이야기를 들어 보니 이렇더라구요.

그렇게 애 둘을 데리고 하늘로 올라간 선녀가 꿈에도 그리던 아버지 어머니 얼굴 보고 형제자매 다 만나고 며칠 살다 보니 애들 아빠가 보고 싶어진 거예요. 하늘에서 내려다보니 남편은 식음을 전폐하고 하늘만 쳐다보고 울고 있질 않나, 행여나 다시 목욕하러 내려오지 않을까 산속 호숫가에 와서 주야장천 쭈그리고 앉아 통곡을 하지 않나 딱하기 이를 데 없더라는 것이지요.

그래서 선녀는 아버지 몰래 빈 두레박을 내려보내 남편이 타고 올라오게 했다지요. 이미 올라온 뒤에야 장인인들 어쩌겠어요? 그냥 눈감아 줄밖에. 둘은 눈물 콧물 흘리며 부둥켜안고 기뻐하면서 한두 해를 알콩달콩 잘 살았대요.

그런데 사람 사는 게 어디나 같아서 콩깍지가 어느 정도 걷힌 나무꾼은 깊은 산 오두막에 홀로 남겨 두고 온 어머님이 애타게 그리웠던 것이지요. 장인어른께 사정사정했더니 천마를 내주었다지요. 조건 없이 주었으면 좋으련만 어디 조건 없는 이야기는 맛이 없잖아요. 그 조건이 뭐냐 하면 천마를 타고 가되 절대로 말에서 내려 땅을 디디면 안 된다는 것이었지요.

냉큼 약속을 하고 어머니의 산속 오두막으로 한달음에 내려와 보니 어머님은 반송장이 되어 문밖에서 아들만 기다리고 있는 것이었지요. 말에서 내리지도 못하고 어머니의 얼굴만 부여잡고 서너 식경은 울었겠지요. 장인과의 약속대로 땅을 밟지 못하고 다시 말을 돌려 하늘로 올라가려는데 어머님이 네 좋아하는 팥죽을 끓여 줄 테니 그것 한 그릇만이라도 에미 보는 데서 먹고 가라고 통사정을 하더랍니다. 두 해 넘게 먹어 보지 못한 팥죽 소리에 귀가 번쩍 뜨인 아들은 팥죽을 다 쑬 때까지 말 위에서 꼼짝도 않고 기다렸다는 거예요. 드디어 어머니께서 급히 팥죽 한 그릇을 떠오자 그것을 먹으려다 그만 너무 뜨거워 죽 그릇을 놓치고 말았다지 뭡니까. 그 바람에 천마의 등에 팥죽이 쏟아지고 놀란 천마가 앗뜨거라 하고 하늘로 내달리는 통에 나무꾼은 그만 땅 위로 굴러 떨어지게 되었던 것이지요.

별수 있나요? 하늘로 올라가기는 다 틀렸고, 나무꾼은 밤낮으로 하늘만 쳐다보다가 죽어 수탉이 되었다네요. 수탉이 되어서 지붕이나 담장 위에 올라가 하늘을 향해 머리를 쳐들고 있다가 매일 새벽만 되면 낙심하여 울고불고했다네요.

허참! 이 이야기를 나는 왜 쉰이 넘도록 듣질 못했는지 모르겠어요. 그러고도 글줄이나 읽었다고 자랑을 하고 다녔으니 한심도 하지요. 그래서 그 뒤로 만나는 사람마다 물어 봤더니 나만 그런 것이 아니고 열에 아홉은 모르더라구요. 그래서 이렇게 널리 알리려고 이 글을 쓰는 것이지요.

그런데 그 수탉이란 놈이 참 신통방통한 데가 있어요. 꼭 우리네 아버지들 같아요. 시골에서 살면서 닭을 길러 본 사람들은 알겠지만 수탉이란 놈은 참 부지런해요. 새벽 한때만 되면 가장 먼저 일어나 큰 울음소리로 닭장 안의 닭들을 다 깨우고 주인 식구들까지 다 깨워 주지요. 시계가 없던 시절 수탉은 동네방네 시계였지요.

어디 그뿐인가요. 여기저기 흙구덩이를 파서 땅속 벌레들을 잡아놓고는 암탉과 병아리들을 불러 모아 먹이고는 다른 데 가서 또 땅을 파서 벌레를 잡아놓곤 하지요.

사납기로 말하면 둘째가라면 서러워하지요. 하늘의 매나 동네 개들이 암탉이나 병아리를 낚아채려 달려오면 온몸의 깃털을 곧추세워 볏이 찢어지고 발톱이 빠지도록 싸워 기어이 물리치고 말지요. 부지런하고 개척적이고, 가족 보호에 몸을 사리지 않는 저 옛날 수탉들, 이젠 어디 가서 볼 수 있을까요?

그 장닭들을 보질 못해서 그런가, 나를 비롯해 요즘 남정네들 왜 이리 쩨쩨해졌지요? 불닭발이라도 먹고 힘을 내볼까요?

오늘 저는 이야기 들은 값으로 박 첨지를 비롯한 친구들에게 불닭발에 소주를 샀습지요. 취중이라 그런지 이제 장닭처럼 살아야 할 힘이 생긴 듯도 해요.

"으라찻차! 나는 장닭이다!"

사·과·드·립·니·다

　　　　　　　　충주에서 가까운 수안보 사나이 이형우 과장은
사내에서 반죽 좋기로 소문난 촌놈이다. 거기에다가 술 약속이라
면 골프 약속보다 더 철저히 지키는 위인이라 동기들은 물론 이 과
장을 아끼는 선배나 그를 따르는 후배들이 많았다. 술자리에서도
도시 출신의 선후배 동료들이 술값 계산할 때쯤 되면 하나 둘 슬
금슬금 약삭빠르게 줄행랑을 놓기 일쑤일 때 수안보 촌놈 이 과장
은 끝까지 방석을 깔고 앉아 있다가 결국 지갑을 털리는 일이 다
반사여서 술자리에서는 인기 최고의 대접을 받지만, 술 깬 다음날
엔 좀 덜 떨어진 사람이 아닌가 하는 수군거림을 귓등으로 들어야
할 때도 있다.

　물론 그의 지갑이 사시장천 남대문 열려 있듯, 아니 이제는 불에
탄 남대문이니 대문이 있을 리 없지, 동대문 열려 있듯 하는 데는

다 믿는 구석이 있기 때문이기도 했다. 수안보에서 대를 이어 살아온 농투성이인 아버지의 사과 과수원을 물려받은 것이 있는데 온천 개발로 땅값이 천정부지로 뛴 데다가 뭔 놈의 고속도로가 그쪽으로 나는 바람에 졸지에 부동산 재벌 끝자리를 반쯤은 꿰찬 덕이다.

사내 동료들이라고 그 소식을 모를 리가 없어 으레 술자리만 있으면 은근한 기대감을 가지고 부서도 다른 이 과장을 불러내기 일쑤였다. 이 과장 역시 그 얄팍한 기대감을 모르는 것이 아니었지만 워낙 술 좋아하고 사람 좋아하는 위인인지라 불러 주는 것만으로도 고마워하며 낄 자리 안 낄 자리 마다 않고 끼어 앉는 것이었다. 끼어 앉는 정도가 아니라 해마다 추석 때가 되면 자신의 과수원에서 생산한 사과를 생산원가에도 미치지 못하는 가격으로 사내 판매를 하여 만약 사장 자리를 직선으로 뽑는다면 일등은 못 해도 삼사등은 충분히 할 거라고 그의 인기를 부추겨 주는 사람들이 많았다. 심지어는 드세기로 소문난 그의 회사 노조에서조차 이 과장은 사과와 술 인심으로 인기 최고의 관리직 간부 사원이었다.

그런 어느 날 이 과장이 사내 홈페이지 게시판에 글을 하나 올렸는데 글쎄 그의 인기는 사이버 세계에서조차 하늘을 찌르고도 모자랐다. 그의 글을 접속해서 읽은 사람의 숫자가 회사 홈페이지 개설 이래 신기록을 수립한 것이었다.

출근하자마자 습관처럼 회사 홈페이지를 열어 본 사원들이 '사과드립니다 - 이형우'라고 올라온 제목을 보고는 저마다 클릭을 해댄 것이었다. 올 추석에는 회사 노조가 강경 투쟁 일변도여서 보너스도 없는 데다가 물가마저 천정부지로 뛰어 혹시 사과 한 상자 거저 얻는 게 아닌가 하는 공짜 심보들이었다.

'생산부 관리1과장 이형우입니다. 지난 화요일 밤 술에 취해 큰 과오를 저질렀습니다. 회사가 노사 갈등으로 어려운 처지에 놓여 있음에도 불구하고 회사 근처에서 술을 마시고 만취 상태로 회사 앞 노조원들의 농성장에 들어가 우리 회사 노동조합의 강성한 위원장을 희롱한 사실이 있습니다. 저는 평소 술자리에서 호형호제하며 지내던 강 위원장이 날씨도 쌀쌀한데 한뎃잠을 자는 것이 안쓰럽기도 하고, 추석이 다가오는데 회사가 뒤숭숭한 것이 안타깝기도 했습니다. 그래서 술 한잔 하자며 평소처럼 장난을 걸기도 하고 씨름 한판 붙어 보자며 술에 취해 부적절한 행동을 저질렀습니다.

이에 저는 노조에서 지적한 대로 공과 사를 구별 못하는 사람임과, 노동자들의 신성한 투쟁을 희화화한 관리직 간부 사원임을 자인하며 공식으로 사과드립니다. 앞으로는 절대로 노조의 투쟁을 불법으로 방해하거나 희화화하는 일을 하지 않겠습니다. 제 자신의 부적절한 행위에 대해 거듭 머리 숙여 사과드립니다.'

한 방에 날리다

　　나해결 선생은 조카 문제로 상의할 것이 있다는 형수의 부름을 받고 실로 몇 해 만에 형의 집을 찾아가는 것인지라 전화로 동 호수를 확인하고야 찾아갈 수 있었다. 소 닭 보듯 사는 형제인지라 만나도 데면데면할 수밖에 없었다. 몇 해 전만 해도 조상 제사 때문에라도 한 해에 서너 차례는 만날 수 있었는데 종교 문제로 제사를 나 선생이 모셔 온 뒤로는 아예 그마저 끊겼다. 배 알도 없냐며 형수의 부름에 거부 의사를 분명히 하라는 아내의 핀 잔을 뒤로한 이유는 어려서부터 자신을 따라다니며 농구를 배운 조카라 남다른 정을 품고 있었기 때문이다.

　　"서방님, 글쎄 저 녀석이 농구를 그만두겠대요. 어떻게 보낸 대 학인데. 형님도 두 손 두 발 다 들고 나가서 들어오지도 않아요. 박 감독님께서도 여러 차례 전화 끝에 어제는 월요일까지 합숙 훈련 에 돌아오지 않으면 제명 처분하겠대요."

"왜 합숙 훈련에서 튀어나왔답니까?"

"선배들한테 대들었다가 감독님께 몇 차례 맞았대요. 운동만 하던 녀석이 농구부에서 제명되면 무얼 하겠어요. 게다가 지금까지 쏟아 부은 돈이 얼마예요. 챙피한 얘기지만 우리 집안에서 대학 나온 사람은 삼촌밖에 없잖아요. 더구나 상담 전문교사니 믿을게요."

나 선생은 속으로 겨우 이 꼴 되려고 그 많은 돈을 물 붓듯이 쏟아 부었나 하며 쌤통을 외쳐 댔다.

"야, 이 녀석아! 운동 하면서 감독이나 선배에게 맞는 건 병가지 상사인데 그 일로 지금까지 쌓아놓은 탑을 무너뜨려?"

"삼촌, 저 이제 대학생이에요. 중·고생이 아니라구요. 어엿한 성인이에요, 성인! 농구 안 하면 안 했지 맞고는 못 살아요. 감독님께서 사과하지 않는 한 못 나가요!"

"야, 서장훈이 봐라. 나이 서른이 넘어서도 연봉 4억 받고 이적하는 거 봐라. 니 실력에 조금 참고 졸업하면 서장훈처럼 돈더미에 올라앉지 않냐? 이젠 운동선수도 돈과 명예를 한꺼번에 쥘 수 있는 시대가 되었잖니? 그만 마음 풀고 합숙소로 들어가라."

"돈도 명성도 싫어요. 대학을 안 다니면 안 다녔지 맞고는 못 살아요. 중·고등학교 시절에 맞은 것만도 억울한데 대학에 가서까지 맞아요? 삼촌이 어떤 논리를 펴도, 엄마가 죽는다고 난리를 쳐도

난 몰라요. 아버지 엄마는 대학 안 나왔어도 대학 나오신 삼촌보다 더 잘 살잖아요."

녀석은 단호했다. 집안에서 유일하게 대학물을 먹었다는 나 선생의 갖가지 상담 기법이 도무지 씨가 먹히지 않았다. 오히려 대학을 나온 자신을 놀려먹으려는 심사까지 지닌 것 같았다. 방법이 없는 나 선생은 조카 녀석의 방에서 하릴없이 나올 수밖에 없었다. 그가 맥없이 나오는 꼴을 보자 형수는 혀를 끌끌 차며 상담 전문 선생도 별수 없구나 하는 측은한 표정을 지었다. 그리고는 다시 아들 방으로 들어가더니 눈물을 쏟아냈다.

"아이구 이놈아! 내가 너를 어떻게 키워 오늘까지 왔는데 이 속을 태워, 이놈아! 도대체 뭐가 모자라서 이러는 거야 이놈아! 제발 엄마 죽는 꼴 안 볼려면 빨리 학교로 가, 이놈아!"

"못 가. 더 이상 맞고는 못 살아! 나 농구 안 해! 나도 물론 농구가 좋아서 하긴 했지만 나보다 엄마 욕심이 더 컸어, 안 그래? 나가 빨리!"

아들은 엄마를 밀어내고, 엄마는 아들을 부둥켜안고 눈물 콧물 쏟아내는 모습을 보고 있으려니 나 선생의 입가에 씁쓸한 미소가 감돌았다. 한평생 자기 아들 농구에만 매달렸지 큰엄마라고 어린 조카들 옷 한 벌 사준 적 없는 형수였다. 그런데 그 아들놈이 지금 이 난리바가지를 피우고 있으니 몸져누울 만도 했다. 그대로 나가

집으로 돌아갈 수도, 그렇다고 거실에 우두망찰 서 있기도 난감했다.

그때 초인종 소리가 요란스레 울렸다. 형인가 싶어 나 선생은 문쪽으로 시선을 돌리며, 차라리 형이라면 함께 나가 소주나 마시며 몇 년 쌓인 속내를 모처럼 털어내고자 했다. 형인들 지금 얼마나 속이 끓고 있을 거며, 엄처시하에서 동생에게 제사까지 물려주었으니 동생을 마주하는 마음이 얼마나 쓰릴 것이냐고 형의 마음까지 읽어 주었다.

그러나 보고 싶은 형은 아니 오고 뜻밖에도 낯선 아가씨가 바이올린 가방을 둘러매고 들어왔다. 형수는 구세주를 만난 듯 반겼다. 이미 둘 사이는 대화가 오간 듯 눈짓으로 방을 가리켜 주었다. 당돌한 아가씨는 익숙하게 방문을 열자마자 소리부터 질러댔다.

"야, 나동석! 뭐 농구를 그만둔다고? 좋아, 그럼 오늘부터 절교야. 나는 농구 잘하는 나동석을 좋아한 것이야. 나동석한테서 농구를 빼놓으면 뭐가 남니? 뭐, 맞는 게 싫어? 너 맨날 내 턱을 보면서 바이올린 때문에 멍 자국이 지워질 날이 없댔지? 여자인 나두 그렇게 턱에 멍들고 손가락에 군살 박히면서 살아. 운동선수가 맞는 게 뭐 대수니? 얼굴에 매일 시퍼렇게 멍드는 년도 있는데 그깟 궁댕이에 멍 좀 든 게 그렇게 억울하니? 이제부터 나 찾지 마!"

방문을 쾅 닫고 나오자마자 현관문을 열고 나가 버렸다. 순간 녀석은 며칠째 감지도 않은 까치집 머리를 해가지고 신발도 제대로 꿰지 못한 채 당돌한 아가씨를 뒤쫓아 나갔고, 형수는 평생을 신처럼 떠받든 아들을 빼앗긴 설움에서인지 그만 넋을 잃고 거실 바닥에 쓰러졌다.

될성부르지 못한 나무

술이라면 사족을 못 쓰는 주선백 선생이 마누라 안 보살의 등쌀에 견디다 못해 집 근처 절에서 한 달에 한 번 열리는 부부 법회에 나가기 시작한 지 한 해가 넘었다. 이름에 걸맞게 부부가 함께 다정히 손잡고 한 달에 한 번 절에 나가 고승대덕의 설법을 듣고 불자들끼리 친목도 다지는 그런 모임이었다.

주 선생을 법회에 끌어들인 안 보살의 속셈은 어떻게든 술자리를 전전하며 밖으로만 나도는 남편을 부처님의 가피로 모범 가장까지는 아니더라도 조선시대의 어느 문인처럼 '술로 병을 얻어 죽다 澈寓居江華, 病酒卒'라고 왕조실록에 남을 만큼 역사적 인물이 되는 것을 막아 보겠다는 심사였다.

그러나 이 눈물겨운 안 여사의 노력은, 대부분의 주당 마누라들의 허다한 금주 작전이 쇠 귀에 경 읽기가 되는 것처럼 결국 수포로 돌아가고 말았다. 다른 이유가 있을 턱이 없었다. 말이 좋아 부부

법회지 법회 끝나기가 무섭게 마누라들 손에 잡혀 끌려온 남편들은 신입회원 환영회입네 구역 모임입네 뭐입네 하며 그때 그때 적당한 이유를 달아 기어이 곡차穀茶 모임을 만들어 술집으로 몰려가는 것 때문이었다.

세월이 흐를수록 벙어리 냉가슴 앓는 쪽은 늘 안 보살의 몫이었다. 반년 넘게 달래고 어르고 미끼 던져 절에 끌고 나온 터에 법회에서 만난 이웃들끼리 친목을 다지기 위해 술이라 않고 '곡차'라는 미명을 붙여 마신다는데, 거기다 대고 그 따위로 절까지 나와서 술 마시려면 그만두라고 바가지를 긁어 댈 수도 없고 해서 그저 새로 들러붙은 혹이나 원망할밖에 다른 도리가 없었다.

그러던 차에 역시 '부처님은 내 편'이라고 안 보살이 무릎을 칠 절호의 기회가 왔다. 1년 넘게 속을 끓이며 참은 보람이 드디어 호박이 넝쿨째 굴러들 듯 들어온 것이었다. 수계법회가 있다는 것이었다. 반 여승이라는 칭찬을 받을 만큼 신심이 두터운 그녀가 수계법회 때 큰스님 앞에서 서약하는 오계五戒를 모를 리가 없었다. 그녀의 머릿속에는 살생을 하지 말라거나, 도둑질을 말라거나, 거짓말을 말라 정도는 들어 있지도 않았다. 물론 음란한 행동을 말라는 계율이 조금 자리잡기는 했지만 인생의 절반이 꺾인 지도 한참 지난 중늙은이 영감탱이에게 그런 음탕한 마음이 아직도 남아 있다면 오히려 다행 아닌가 하는 너그러움도 조금은 자리를 잡고 있었다.

그녀의 관심은 오직 마지막 계율인 '불음주식육不飲酒食肉'이었다. 그중에서도 '식육'은 문젯거리도 아니었다. 남편이 무슨 스님도 아니고 재가불자在家佛者 아닌가 하는 마음에서였다. 오직 시집온 날부터 안 보살을 괴롭혀 온 '음주'만이 관건이었다. 제발 덕분에 수계법회 때 큰스님께서 이것만은 확실히 짚어 주신다면 무릎이 깨지도록 삼천 배라도 올릴 기세였다.

삼천 배의 효험 때문인지 주 선생은 아내의 수계법회 권유를 마다하지 않았다. 그렇다고 주 선생에게 고민이 없었던 것은 아니었다. 그 역시 오계의 내용을 귀동냥으로 들어 아는 터라 다른 것은 몰라도 불음주식육 때문에 망설여지긴 했으나 구역 내 술꾼으로 소문난 박 거사나 민 거사도 모두 흔쾌히 수계를 받는다는데 자기만 빠질 체면이 아니기 때문이었다.

날이 다가올수록 철면피 주 선생도 다리가 후들거려 왔다. 그렇다고 못 박힌 날짜가 미뤄질 리도 없었다. 잡아놓은 날은 더 빨리 온다고 수계법회 날은 쏜살같이 다가왔다.

다른 법회 때보다 더 많은 신도들이 더 엄숙한 복장으로 법당에 모여들었다. 신도만이 아니라 사찰의 모든 스님들도 자리해 있었다. 도의 경지가 엄정하시기로 소문난 회주스님까지 자리를 잡고 앉아 있으니 법당 분위기는 어느 법회 때보다도 엄숙해졌다.

수계법회는 그 회주스님께서 직접 주재하였다. 평소에는 그토록 술에 취해 게걸대던 거사들이 오늘 따라 꿀을 한 모금 물었는지 뭔 결심을 단단히 했는지 입을 열 줄 몰랐다. 앞선 사람들부터 큰스님 앞에서 '네, 그렇게 하겠습니다!'를 맹세하며 연비燃臂를 했다. 뒷줄의 주 선생은 이제 다리가 아니라 몸이 통째로 떨려 왔다.

분명 큰스님은 '술과 고기를 먹지 않겠습니까?' 물으실 텐데, 진실대로 답하는 것이 부처님 앞에서의 도리라고 '아닙니다, 술만은 차마 끊을 수 없습니다' 했다가는 수계가 물 건너갈 것이고, 거짓말이더라도 수계법회이니만큼 '예, 그렇게 하겠습니다' 했다가는 새빨간 거짓말이 될 터이니 진퇴양난이었다. 더구나 부처님께서 그윽하게 실눈을 뜨고 내려다보시는 법당 안이 아니던가. 부모 앞에서도, 스승 앞에서도 아무리 거짓말을 밥 먹듯이 해댄 철면피의 주 선생이었지만 차마 부처님 앞에서만은 오금이 저리지 않을 수 없었다. 그야말로 일말의 양심이 있음을 부처님 앞에서만이라도 보이고 싶은 심산이었다.

피할 수 없는 그의 차례가 다가왔다. 진땀이 나고 호흡까지 가빠졌다. 난생처음 가져 보는 양심의 자각 증상이 원치 않게도 몸으로 나타난 것이다. 될 대로 되라 싶은 자포자기 심정으로 큰스님 앞에 섰다.

"살생하지 않겠습니까?"

"네, 그렇게 하겠습니다!"

"도둑질하지 않겠습니까?"

"네, 그렇게 하겠습니다!"

"음란한 행동을 하지 않겠습니까?"

젊은 시절의 경거망동 때문에 적이 망설여지긴 했지만 선뜻 대답을 했다.

"네, 그렇게 하겠습니다!"

"거짓말을 하지 않겠습니까?"

주 선생에게 이 질문은 다섯 번째 계율을 앞두고 그의 양심을 향해 질타하는 사자후처럼 귀를 때렸다. 그래도 그는 뻔뻔스럽게 답을 했다.

"네, 그렇게 하겠습니다!"

여기까지 답을 하면서도 마음은 온통 다섯 번째 질문에 매달려 있었다. 그런데 이제 피할 수 없는 그 순간이 왔다. 지금까지 큰스님과 부처님만 응시하던 그는 순간 고개를 숙였다.

이때 큰스님의 부드러운 음성이 그의 귀를 의심하게 만들었다.

"과음하지 않겠습니까?"

자신도 모르게 그의 입에서 사자후보다도 더 큰 소리가 튀어나왔다.

"네! 그렇게 하겠습니다!!"

큰스님은 빙그레 웃으며 청수清樹라는 법명을 건네주시며 그의 팔뚝에 향을 살라 주었다. 될성부르지 못한 나무에 너무 큰 것을 요구하지 않으신 게로구나 하며 주 선생은 연비 자리가 따가운 줄도 모르고 오늘도 '수계 기념 한 잔은 보장되었구나.' 쾌재를 부르며 물러나왔다.

주 선생이 함박웃음을 띤 채 안 보살 옆자리로 돌아와 앉자 안 보살도 남편을 함박웃음으로 맞아 주며 '잘했어요, 참 잘했어요! 이젠 술과는 영영 이별이죠?' 하며 귓속말을 연신 뱉어내며 승리에 도취해 있었다.

Naked Party

출근하자마자 메일함에서 미국으로 출장 간 아내의 이메일을 확인한 김대로 과장은 화가 머리끝까지 치올랐다.

오늘은 패션쇼 마지막 날 밤이에요. 그동안 각국에서 온 사람들과 한자리에 모여 오늘밤 Naked Party를 열기로 주최측에서 결정했대요. 며칠 동안 온 신경을 집중해서 패션쇼를 하느라 지친 심신도 달래고, 의견 충돌을 빚은 사람들끼리 서먹서먹함도 Naked Party를 통해 풀자는 취지라나요. 재미있겠죠? 나도 우리 팀들과 함께 가보려고요. 언제 다시 미국에 올지도 모르고, 그리고 여러 나라 사람들과 이런 파티를 가질 기회가 흔치 않잖아요.

왜 당신도 전에 나 몰래 인터넷으로 Naked News를 보다가 걸린 적이 있잖아요? 그때 당신이 한 말 기억나요? 호기심이라고 했잖아요? 나도 오늘 따라 호기심이 발동하네요.

이제 오늘밤만 지나면 당신 곁으로 가게 되네요. 그동안 홀가분했죠? 당신이 좋아하는 인터넷도 마음대로 할 수 있고, 이 집 저 집 순례하며 술도 질펀하게 마셔 댔을 거고……

여봉! 모레 갈게요~~~~!
안뇽!

김대로 씨는 회사 옥상으로 올라가 아내가 묵고 있는 호텔 방으로 전화를 했다. 있을 리가 없었다. 애꿎은 담배 몇 개비를 태워 버리고 사무실로 돌아와 네이버 검색창에 Naked를 두드렸다. 성인 인증을 하란다. 역시 그렇지 하며 늘 써먹던 친구의 주민등록번호와 이름을 입력했다. Naked Party라는 말은 없었다. 역시 Naked News, Naked Cowboy 등과 같은 성인용 외설 사이트만 줄줄이 검색되었다. 미국 야후에서도 검색해 보았으나 역시 비슷한 성인 사이트만 떠올랐다. 네이버에서보다 더 많은 정보가 검색되었으나 영어에는 반까막눈이라 자세한 내용을 알기에는 역부족이었다. 영어 하나 제대로 못한다는 평소 아내의 핀잔 소리가 뒤통수를 다시 때렸다. 서둘러 답 메일을 날렸다.

Naked Party에 가지 마! 당신 미국에 가더니 양코쟁이가 다 된 거야! 아님 아예 미국에 눌러 살면서 매일 밤 Naked Party

나 다니든지! 호기심? 야, 호기심은 눈팅으로만 즐기면 됐지 몸으로 하려고 덤벼드니? 내가 naked news 좀 봤다고 이런 식으로 복수를 하는 거야? 너, 오기만 해봐! 당장 끝장이야! 아주 초오~ ~타~~~! 전 세계에서 몰려온 남자들과 Naked Party라니! 당신이 스트립 댄서야, 잡지사 기자야?

김대로 씨는 분기탱천하여 친구들과의 술 약속도 깨버렸다. 아내가 출장 갈 때마다 친구들과 어울려 새벽까지 질펀하게 놀던 일도 시큰둥해졌다. 오늘은 웬일이냐, 열부라도 된 거냐며 놀려대는 친구들의 빈정거림이 듣기 싫어 휴대전화의 전원도 꺼버렸다. 아내로부터의 해방이 아니라 구속의 연속이었다. 일이 손에 잡힐 리가 없었다. 거래처 방문을 핑계로 나와 사우나 냉탕 속에 들어가 몸과 마음을 진정시키려 했으나 Naked Party 무대에서 알몸으로 몸을 흔들어대는 양코쟁이 녀석들과 뒤섞여 있는 아내의 벌거벗은 모습만이 더욱 아른거릴 뿐이었다.

'이건 복수야! 복수가 아니고서야 내게 이럴 순 없어! 말없이 갈 수도 있는 거잖아. 그런데 일부러 나 보란 듯 통보하고 간 것은 인터넷 중독에 빠진 내게 복수를 하려는 것이야!'

사우나에서 나와 점심을 먹는 둥 마는 둥하고 회사로 들어와 다시 메일함부터 열었다.

당신, 왜 촌스럽게 흥분하고 그래? Naked Party가 뭔지나 알고 그래? 말만 그렇지 Naked Party란 패션쇼 마지막 날 그동안 달고 다니던 명찰(ID CARD)을 떼고 하는 파티야. 그저 무한 제공되는 술을 마시며 공식 석상에서만 나누던 딱딱한 분위기에서 벗어나 자유롭게 대화하는 파티란 말이야!

뭐? 스트립 댄서? 당신 나를 뭘로 알고 하는 말이야? 당신이 싸돌아다니던 술집에서나 찾아보시지 그래!

그리구 뭐? 끝장! 불감청고소원不敢請固所願이라고, 끝장 그거 내가 바라던 바다. 으이구 촌스럽기는! 영어 하나 제대로 못하는 위인이 꼴에 질투는 할 줄 아는군!

감자바위 산골 촌놈 김대로 씨는 오늘도 서울 토박이 아내 앞에서 또 스타일을 구겼다. 이젠 면전이 아닌 메일 앞에서조차 말이다.

불난 집

         고등학교 동창 여섯 명은 극성스럽게도 만나 댔다. 그것도 한두 해가 아니라 학교를 졸업한 지 30년이 넘도록 줄곧 이어져 오고 있으니 끈질긴 놈들이 아닐 수 없다. 다달이 부부동반으로 만나는 것도 모자라 일 년에 두 차례 여행을 정기적으로 다녔다. 한 번은 국내로, 또 한 번은 해외로 떠돌아다녔다. 한 해라도 거르면 무슨 저희 친정 소대상이라도 빼먹은 듯 안식구들이 더 성화를 부려 댔다. 아마 남편들이 시부모 기제사를 한 번 거르고 여행을 가도 좋다고 허용했더라면 새벽 꿀단잠을 깨워 더듬적거려도 눈 한번 흘기지 않을 여편네들이었다.

    다행인 것은 그들이 철철이 모여서 여행을 다니고, 자기네들이 무슨 신문 방송에 나올 미식가들이라고 소문난 음식점을 다달이 찾아다니며 온갖 폼을 잡을 만큼 경제력이 뒷받침되는 것이었다.

    이번 겨울 여행은 동해안으로 길을 잡았다. 동해안하고도 삼척

일대로 방향을 잡은 것은 여행을 떠날 때마다 언제나 일정을 짜고 길잡이 역까지 자처하는, 그야말로 북 치고 장구 치고 거기다가 소리광대 부채마저 빼앗아 들고 창까지 도맡아 하는 이통달이 며칠 전에 본 방송 때문이었다. <여섯 시 네 고향>인가 <생방송 화제 주목>인가 하는 프로그램에서 삼척의 '한바다횟집' 곰칫국을 보여주었다. 그것을 먹으려고 새벽부터 줄을 서는 아수라장의 모습이었다. 이를 놓칠 이통달이 아니었다.

삼척으로 여행을 잡았다는 이통달의 통지를 받자마자 오지랖 넓기 시합에서 둘째 했다면 벌써 한강물에 몸을 던졌을 최왕발이 전화를 해왔다. 삼척에 아주 잘 아는 친구가 있는데 그 동네 주먹은 다 그 친구 아랫것들이니 음식점이며 숙소 예약은 자기에게 맡겨 달라는 호언장담이었다. 그럼 다른 것은 몰라도 곰칫국만은 '한바다횟집'으로 해야 된다고 이통달은 최왕발에게 다짐을 받고 예약의 전권을 넘겨주었다.

대관령을 넘으면서부터 자태를 드러내기 시작한 동해 푸른 바다는 언제 봐도 시원했다. 하진부 남부식당에서 산채나물 정식으로 늦은 점심을 먹은 뒤라 저녁을 먹기에는 아직 시간이 남았기에 이통달은 일행을 신남항의 해신당 공원으로 안내했다. 국내 유일의 남근 공원이 있는 곳이었다. 이곳으로 일행을 안내한 데는 이통달의 장난기가 십분 작용했다. 영문도 모르고 해신당으로 따르던

안식구들은 남편의 키보다도 더 크게 조각된 남근목에 기절초풍하기도 하고 자지러지는 웃음을 참아내지 못하기도 했다. 그중 박기만의 안식구는 아예 남근목을 끌어안고 사진 한 장 콱 박아 달라고 능청스럽게 청까지 넣기도 했다.

입만 살아남은 중늙은이 남정네들의 입담과, 그 중늙은이의 시답지 않은 몸뚱어리를 놓고 짓까부는 안식구들의 수다를 차에 가득 싣고 삼척으로 향하던 이통달은 다시 한 번 최왕발에게 삼척 왕주먹에게 전화로 예약 상태를 확인하라고 재촉했다. 꼼꼼하기로 모임에서 알아주는 이통달다웠다. 전화를 하던 최왕발의 얼굴빛이 갑자기 콧구멍에 날벌레 기어들어간 표정으로 변하더니,

"야, 인마! 그 집 불났다는 걸 진작 얘기해야지 이제 와서 그러면 어쩌라는 거야. 너만 믿고 온 것 아냐? 네가 알다시피 내 친구들이 어디 보통사람들이냐? 난 모르니까 네가 책임져!"
하고 소리를 버럭 질러댔다.

두뇌 회전이 빠른 이통달은 얼른 최왕발에게 다른 횟집을 소개해 달라 하라고 사인을 보냈다. 전화를 끊은 최왕발은 기어들어가는 목소리로 이통달을 달랬다.

"'한바다횟집'은 텔레비전에 방영된 뒤에 불이 나서 갈 수가 없다네. 아예 다른 데로 가란다. 정라항을 지나 끝까지 가면 '황실횟집'이 있다네. 내 친구가 그 집에 예약을 해놨으니 그리로 가라네.

놓았다네."

"새끼, 뭐 보통사람들이 아니라고, 귀한 손님? 웃기시네. 동해 바다 갈매기가 다 웃겠다. 우리가 보통사람이 아니고 특별한 사람이라면 이 나라 백성 모두가 황손이겠다. 그래서 이놈아 '황실횟집'이냐? 그러나 어쩌랴. 날은 어둡고 배는 고프고. 그래 아무 데로나 가자."

이통달은 최왕발을 보며 눈을 흘겼다.

'황실횟집'의 회는 내시 수준도 못 되고 완전히 '무수리횟집' 수준이었다. 탄력도 윤기도 없는 도다리 세꼬시, 윤기 흐르는 검은 빛이라고는 찾아볼 수 없는 석화. 어느 것 하나 입맛을 돋우는 것이 없었다. 애꿎은 소주만 털어 넣고 일행은 숙소로 찾아들었다. 주눅든 최왕발은 어디론가 전화를 해대며 욕설을 되풀이해 댔다. 그래도 아낙네들은 오후에 본 남근목을 머릿속에 그리며 비틀거리는 남편들의 뒤를 따르며 헛방일지도 모를 기대를 품었다.

밤일이야 제 알 바 아니라며 이통달은 제일 먼저 일어나 일행들 속풀이를 걱정했다. '한바다횟집'의 곰칫국은 물 건너갔어도 꿩 대신 닭이라고 다른 집이라도 찾을 속셈에 여관 아주머니를 찾아 곰칫국 잘하는 집을 물었다.

"곰칫국 하든 삼척에서는 '한바다횟집'이래요. 그것두 몰르구 삼척에 와서 곰칫국을 찾아요? 우리 집에서 오른쪽으루 나가서 한 5분쯤 걸어가면 거기가 '한바다횟집'이래요."

"아니, 그 집 불나지 않았어요? 삼척 사람이 그러는데 그 집 불났다고, 아예 갈 생각도 말라고 해서 어제 저녁에 '황실횟집'인지 '무수리횟집'인지에서 먹었는데."

"불은 무슨 놈의 불, 어떤 시러베아들놈이 그 따위 소리를 해요. 불 안 났어요. 가보면 알잖아요."

불에 타기는커녕 텔레비전에서 본 그대로 '한바다횟집' 앞은 장사진이었다. 한 시간 남짓 기다린 뒤에야 겨우 자리를 얻어 앉자마자 최왕발은 일행에게 조리돌림을 당할 수밖에 없었다. 그 따위를 친구라고 뒀냐, 그 친구가 그 친구지, 그놈이 '황실횟집' 배불려주려고 거짓말을 한 것이지, 왕발이 네놈이 오늘 아침 곰칫국 값을 내야 앞으로 함께 댕기지 그렇지 않으면 제명이다 등등 곰칫국이 입으로 들어가는지 코로 들어가는지 모르게 닦아세우자 결국 최왕발은 곰칫국 값을 내겠다고 백기를 들었고, 일행은 박수로 화답했다.

길게 줄서 있는 손님들 때문에 서둘러 나오는 중에도 이통달은 주인 할아버지에게 불났다는 거짓 소문의 종말을 묻지 않을 수 없었다. 영락없이 곰치 얼굴을 빼다박은 할아버지는 어느 시러베아들놈이 그런 미친 소리를 하고 돌아댕기고 있냐는 성난 기색 하나 없이 덤덤히 내뱉으며 돌아섰다.

"아, 눈으로 보면 모르슈? 허구헌 날 불이 난다우. 평일도 이 지
경인데 굉일은 말도 못 해. 방송 허는 놈들헌테도 불난 집에 부채
질허냐구 찍어 가지 말래두 자꾸 찍어 가는 바람에 이 지경이 아
니요?"

구닥다리 신기술

나는 어제도 학교에서 오자마자 책보를 마루 끝에서 안방을 향해 던져 놓고 소 풀 뜯기러 갔다. 저녁밥을 제대로 얻어먹으려면 소의 배가 띵띵하도록 풀을 먹여야 한다. 학교 숙제보다 더 무서운 것이 소를 배터지게 풀 먹이는 일이다. 학교 숙제 정도야 담임선생님께 꿀밤 몇 대 얻어맞으면 끝나지만 소 풀 뜯기는 문제는 밥과 이어진 데다가 아버지의 무서운 회초리가 언제나 대기 중이었기 때문이었다.

그렇다고 소 풀 뜯기는 일이 괴로운 것만은 아니다. 온 동네 친구들이 함께 어울려 몰려가기 때문이다. 풀 많은 수청산으로 소를 풀 뜯기러 가기만 하면 동네 친구들이 모두 저마다 소를 끌고 몰려드니 집에서 끙끙거리며 풀리지도 않는 숙제에 매달리는 것보다 열 배는 더 재미있기도 하다.

그런데 요 며칠 동안은 걱정의 연속이었다. 우리 소가 도통 풀을 뜯지 않고 먼 하늘 먼 산만 쳐다보고 '음메, 음메' 하며 내 속을 여간 태우는 것이 아니었다. 그제도 저놈의 배가 홀쭉한 채 집으로 끌고 들어가는 바람에 엄마만 아버지로부터 '소도 하나 제대로 풀 뜯길 줄 모르는 저런 놈은 밥도 주지 말라'는 꾸지람을 들어야 했다. 결국 나는 뒤꼍에 숨어서 엄마가 아버지 몰래 가져다 준 밥을 먹을 수밖에 없었다. 애꿎은 엄마만 눈물을 연신 흘리며 아버지가 오나 하고 지켜 서 있어야 했고, 나는 된장국에 말아 밥 한 그릇을 다 우겨 넣을 때까지 동화책에도 나오지 않는 의붓아버지가 왜 우리집에는 있을까 하는 생각에 젖어 있어야만 했다. 지금까지 내가 읽은 책에는 뺑덕어멈 같은 의붓어미만 있었지 우리 아버지 같이 무서운 뺑덕아범 얘기는 전혀 없었다. 아무래도 우리 아버지가 동화책에 처음 등장하는 의붓아버지가 될 수도 있겠다는 생각이 문득 스쳐갔다.

오늘만큼은 어떻게든지 우리 소의 배를 띵띵하게 만들어 떳떳하게 방 안에 들어가 상 위에서 밥을 먹어야겠다고 별렀다. 동네 친구들이 비사치기를 하자 해도, 감자 서리를 하자 해도, 말뚝박기를 하자고 졸라대도 나는 오로지 원수 같은 우리 소의 코뚜레를 움켜쥐고 풀을 뜯게 하겠다고 다짐한 하루였다. 그런데 이놈의 소는 어제도 수청산으로 가는 길목에서부터 주인집 도령인 나를 안중에도 없다는 듯 길길이 날뛰기만 한다.

수청산에 도착하니 친구들이 연신 나를 부르러 왔다. 말뚝박기를 하자는 둥, 감자 서리를 해다가 삶아 먹자는 둥 여간 성가시게 구는 것이 아니었다. 하긴 친구들이 소 풀 뜯기는 일 빼고는 무슨 놀이든 일등인 나 없이 논다는 것은 정말 물고기 한 마리 없는 웅덩이를 퍼서 고기를 잡겠다고 덤벼 대는 일처럼 재미가 없는 일임에 틀림없다.

그러나 어쩌랴, 누가 무어라 유혹한대도 우리 소의 배때기를 기어이 띵띵하게 만들고야 말 것이라 다짐하고 친구들의 청을 거절했다. 그런데 어제 따라 읍내 농고에 다니는 수철이 형이 소를 풀 뜯기러 와서는 기어이 나를 불러내는 것이 아닌가. 읍내 농고에서도 주먹왕이라는 형이 부른다니 안 갈 수도 없는 노릇이었다.

별수 없이 코뚜레를 바짝 당겨 쥐고 수철이 형이 있는 곳으로 갔더니 형은 다짜고짜 내 손에서 우리 소의 고삐를 빼앗더니 그대로 내던져 버리고 말았다. 우리 소는 무슨 해방된 민족처럼 기세등등하게 산등성이를 치뛰며 내리뛰며 무엇에 미쳤는지 온 산을 헤집고 다녔다. 울음이 터질 것 같은 내 얼굴을 보며 수철이 형은 도통 알 수 없는 웃음 가득한 음성으로 아무 걱정 말고 놀기나 하자고 했다. 집에 갈 때 모든 것을 해결해 줄 테니 걱정 말라고 안심까지 시켜 주는 형을 따라 해가 수청산을 넘어갈 때까지 말뚝박기, 찜뽕, 감자서리 등을 하며 놀았다.

해질녘이 되자 동네 소들은 우리보다 먼저 마을로 가는 길을 향해 줄지어 있었다. 말썽꾸러기 우리 소는 여전히 배가 홀쭉한 채 수철이 형네 황소 옆에서 씨근덕대고 있었다. 아버지의 불호령과 뒤꼍의 눈물에 젖은 밥 생각에 울음이 목에 찬 내게 수철이 형은 씨익 웃으면 다가섰다.

"야 인마, 걱정 마. 너 발정기가 뭔지 알아? 짜식아, 니네 소는 지금이 발정기야. 그러니 풀을 먹겠냐? 오로지 황소만 찾아 날뛰는 거지. 너, 니네 아버지한테 혼날까 봐 그러지? 걱정 마, 인마. 내가 다 해결해 줄게."

수철이 형은 우리 소의 코뚜레를 바짝 움켜쥐더니 조금 전에 정두네 밭에서 딴, 약이 오를 대로 오른 고추 몇 개를 반으로 잘라 우리 소의 코와 입 언저리에 사정없이 문질러대기 시작했다. 우리 소는 대가리를 흔들어대며 버둥거렸지만 힘이 장사인 수철이 형에게 코뚜레를 잡혀 맥을 추지 못하다가 놓아 주자 쏜살같이 냇가로 달려갔다. 걱정이 되어 우리 소를 쫓아 냇가로 달려가 보았더니 냇물이 다 마를 정도로 우리 소는 물을 들이켜고 있었다. 순식간에 소의 배가 띵띵하다 못해 금방이라도 터질 듯했다.

의미심장하게 웃는 수철이 형에게 인사를 하고 발정긴지 발동긴지 뭐든 간에 의기양양하게 집에 돌아오자 띵띵해진 소의 배를 본 아버지가 소를 잘 뜯겼다며 밥상에 오른 계란찜의 반을 내 밥그릇에 듬뿍 얹어 주었다. 누나들의 눈총을 무시한 채 계란찜을 다

먹어치운 나는 소 뜯기는 신기술을 내일도 써먹어야겠다는 부푼 꿈을 안고 곧장 곤한 잠에 빠져들었다.

그런데 오늘 아침에 뜻밖에도 아버지의 불호령을 만났다. 어제만 해도 소를 잘 뜯겼다며 계란찜까지 안겨 주던 아버지가 잠든 나를 깨우더니 느닷없이 외양간으로 끌고 가 이걸 보라며 회초리 세례를 퍼붓는 것이었다. 외양간은 밤새 우리 소가 싸놓은 오줌으로 한강이 되어 있었다.

아침밥도 못 먹고 쫓기다시피 학교로 도망쳐 온 나는 하루 종일 두 가지 생각에 빠져들 수밖에 없었다. 첫째는 수철이 형이 우리 아버지에게 물 먹인 사실을 일러바친 것이 아닌가 하는 의심과, 둘째는 수철이 형이 가르쳐 준 신기술이 결코 신기술이 아니라 우리 아버지의 아버지, 더 옛날 할아버지 적부터 내려온 구닥다리 신기술이 아닐까 하는 의심이었다. 아무래도 수철이 형보다는 아버지가 더 의심스러웠다. 분명 아버지도 옛날에 할아버지에게 이 구닥다리 신기술을 써먹다가 나처럼 회초리를 맞은 것이 분명할 것 같은 아침이었다.

늦가을 삽화

호성이와 범재는 학교가 파하자마자 책보를 등에 매고 십 리가 넘는 길을 한걸음에 달려 집에 도착했다. 토요일이라 도시락을 가져가지 않아 여간 배가 고픈 것이 아니었다. 옹솥에 있는 고구마 몇 개를 주머니에 쑤셔 넣고 손에 닿는 대로 삽이며 발簾이며 양동이 따위를 집어 들고 신작로로 내달렸다.

동구 밖에 다다르자 벌써 몇몇 조무래기들이 신작로를 향해 달려가는 것이 눈에 띄었다. 아무래도 학교에는 가지도 않고 산치기를 한 녀석들 같았다. 토요일이면 신작로 다리목 세 개 중 고기가 제일 많이 드는 가운데 다리목을 차지하기 위해 산치기를 하는 녀석들이 곧잘 있었다.

두 녀석은 가운데 다리목을 빼앗긴 뒤 어쩔 수 없이 첫 다리목을 푸기로 했다. 삽을 가지고 다리로 흘러드는 논의 물길을 막고, 양동이로 퍼내는 물에 고기가 휩쓸려 나가는 것을 막으려고 발을 넓게 둘러쳤다. 늦가을 짧은 해가 떨어지기 전에 다리목에 있는 물을 다 퍼내야 고기를 잡을 수가 있었다. 늦가을 통통한 물고기는 가족들의 요긴한 반찬거리가 되기 때문에 엄마에게 모처럼 칭찬을 받을 수 있는 기회가 된다.

정신없이 물을 퍼내는 두 아이의 눈에 몇 배미 건너 수청못에 낯선 할아버지가 앉아 있는 모습이 들어왔다. 석양을 등에 지고 구붓이 앉아 미동도 없었다. 논두렁에는 석양을 받아 빛이 나는 새 자전거 한 대가 서 있는 것으로 보아 동네 사람은 더더구나 아니었다. 이 바쁜 추수철에 한가하게 자전거를 논두렁에 세워 놓고 못가에 앉아 있을 사람이 이 동네에는 없었다.

두 녀석은 다리목 물을 퍼내다 말고 낯선 할아버지에게 가보자는 데 의견을 모았다. 범재는 어쩌면 간첩일지도 모른다고 했고, 호성이는 실성한 사람일지도 모른다고 했다. 범재는 간첩이면 좋겠다고 했다. 지서장이 학교에 와서 거동이 수상한 사람을 신고하면 많은 공책과 상금을 준다고 했던 말이 생각났기 때문이었다.

호성이도 맞장구를 쳤다. 매일 등하굣길 십 리를 오가며 담뱃값을 묻는 사람, 새벽녘에 바짓가랑이가 이슬에 흠뻑 젖은 채 두리번거리는 사람, 엉뚱한 길을 묻는 낯선 사람 등을 찾느라 넙치눈이 된 경험을 가진 아이들이었다. 간첩이 맞는다면, 그래서 신고하여 상금만 받는다면 입학금 걱정 없이 중학교에 가는 것은 따놓은 당상이다. 등록금이 없어 중학교에 보낼 수 없다는 엄마의 푸념을 이 가을 들어 거의 매일 들어온 두 녀석이었다.

살금살금 다가가 낯선 할아버지의 얼굴을 보니 다름 아닌 지난 봄에 새로 오신 교장선생님이었다. 긴 대나무 막대기를 못에 드리우고 고기를 낚고 있었다. 두 녀석은 실망을 감추지 못한 얼굴로 교장선생님께 인사를 꾸벅 하고는 고기를 얼마나 잡으셨냐고 여쭈었다. 교장선생님은 빙그레 웃으시며 한 마리도 못 잡았다고 하셨다. 해는 다 넘어가는데 아직 한 마리도 못 잡으셨냐는 두 녀석의 걱정스런 질문에 교장선생님은 웃음으로 답만 하실 뿐이었다.

두 녀석은 다리목으로 돌아와 더욱 힘차게 물을 퍼냈다. 학교에서 십 리도 넘는 산골 동네에 생전 처음 교장선생님이 오셨는데 고기 한 마리도 못 잡으셔서 어떻게 하냐며 늦가을 찬바람 속에서도 얼굴에 비지땀이 흐르도록 다리목의 물을 퍼내었다. 역시 늦가을 다리목은 물 반 고기 반이었다. 손바닥만 한 붕어들, 메기, 빠가사리, 참게, 뱀장어 따위가 바닥을 드러낸 다리 밑에 우글우글했다.

두 녀석은 정신없이 양동이에 고기들을 잡아넣었다. 범재는 빠가사리를 맨손으로 잡다가 가시에 쏘여 퉁퉁 부어오르기까지 했다.

한 양동이를 다 채운 두 녀석은 의기양양하게 교장선생님께 가져다 드렸다. 낚시로 잡으시면 밤을 새워도 이만큼 못 잡으신다며 이걸 가지고 가시라고, 해가 넘어가면 관사까지 가시는데 무서우실 거라는 염려까지 덧붙였다. 교장선생님은 고맙다며 두 녀석의 머리를 쓰다듬어 주셨다.

두 녀석이 다리목으로 돌아와 나머지 고기를 주워 담아 보니 양동이의 반도 차질 않았다. 서둘러 물을 퍼대는 바람에 옷은 온통 흙탕물이었다. 집에 가면 엄마한테 필경 고기도 못 잡은 놈이 빨랫감만 만들어 왔다며 꾸중을 들을 터인데도 집으로 향하는 두 녀석의 발길은 날아갈 듯 가벼웠다.

두 녀석이 마을 안길로 저녁 햇살과 함께 사라진 뒤에야 교장선생님은 양동이 가득 펄펄 뛰는 고기를 모두 수청못에 풀어 주고는 낚싯대를 주섬주섬 챙겨 자전거에 싣고 짙붉은 노을 길을 달려가셨다.

프라하에서
새 길에 눈을 뜨다

        이것은 대략 난감大略難堪이 아니고 대량 난감大量難堪이었다. 출발부터 삐거덕거린다 했더니 결국 여행 마지막 날에 대형 사고가 터진 것이다. 외국 말이라고는 영어 겨우 몇 마디밖에 할 줄 모르는 우리 부부에게 영어권도 아닌, 무슨 말을 쓰는지조차 모르는 이 프라하 땅에서 이틀을 알아서 지내라니 이건 마른하늘에 날벼락이 아니라 폭설 쏟아진 프라하에서 혹한을 만난 것과 다름없었다.

    며칠 전 우리 부부는 결혼 30주년에 환갑까지 맞아 난생처음 유럽 여행을 감행했다. 자식들이야 대학에 다니면서 애비 돈을 갖은 방법으로 우려내 40일간 유럽 일주니, 캐나다 어학연수니, 미국 동서 횡단 여행이니 싸돌아다녀들 왔지만, 정작 우리는 등골이 다 휘고 정신도 조금 희미해질 때쯤이나 되어서야 처음 유럽 땅을 밟은 것이다.

　물론 가까운 중국이나 일본 등은 계모임이나 친목모임에서 소위 패키지라는 것으로 떼지어 줄지어 몇 번 다녀오기는 했지만, 말이 유럽 여행이지 영어를 제대로 할 줄 아나 프랑스 말과 독일 말을 구별할 줄 아나, 마누라 입에서 여행 이야기가 나올 때부터 겁을 잔뜩 집어먹었다. 꼬부랑글씨와 꼬부랑말 앞에서는 오금부터 먼저 저려 왔으니 언감생심 어디선가 주워들은 적 있는 배낭여행은 애시당초 포기하였다.

　처음에는 애들처럼 배낭여행을 더 늙기 전에 한번 시도해 볼까 하고 《이지 유럽여행》이니 《50대도 혼자 떠날 수 있는 유럽여행》이니 하는 책들을 사다가 돋보기를 끼고 앉아 씨름도 해보았지만 책을 보면 볼수록 겁 또한 켜켜이 쌓여 가서 결국 또다시 패키지 여행으로 낙착을 보고 말았다.

　파리로 들어와서 2박을 한 뒤 스위스, 헝가리, 오스트리아를 거쳐 마지막으로 체코 프라하에서 2박을 하고 다시 파리로 돌아가 귀국하는 9박10일의 여행이었다. 파리에 도착할 때부터 눈은 심상치 않게 내리고 있었다. 깃발을 들고 우리 일행을 안내하는 현지 가이드는 20년 만에 폭설이 온다는 예보가 있었다는 둥, 이 상태로 가다가는 여행이 예정대로 진행되기 어렵겠다는 둥 여행 초장부터 초를 치기 시작했다.

말이 씨가 되었는가, 네 나라를 돌아 프라하에 도착하여 가이드 꽁무니만 따라다니며 주마간산 격으로 이틀 여행을 거의 끝낼 즈음에 프라하 공항이 폭설로 폐쇄되어 파리로 돌아갈 수 없다는 청천벽력의 비보를 접했다. 눈이 그치고 공항 제설 작업이 끝나야 비행기가 뜰 수 있는 데다가 유럽 전체 비행기 스케줄은 엉망이 되고 프라하에서 발이 묶인 여행객은 넘쳐나니 우리 일행은 가이드만 붙들고 비행기표를 빨리 확보하라고 떼거지를 쓸 뿐이었다.

일정을 취소하고 호텔로 돌아온 여행객들은 대표를 뽑아 협상을 하자는 둥, 한국 본사에 전화를 걸어 항의하자는 둥, 귀국이 늦어지면 사업상 큰 손해를 볼 수밖에 없으니 여행사에 손해배상을 청구하겠다는 둥, 대사관에 연락하여 비상대책을 강구하자는 둥 여행은 딴전이고 귀국 일자에만 관심이 집중되었다. 세 다리 건너 청와대에 줄이 닿는지 어느 노신사는 청와대에 전화를 해서 여행사를 압박해 보겠다고 큰소리를 쳐봤지만 세 다리 건너 정도로는 어림반푼어치도 없는 헛소리였다.

계약상 천재지변으로 인해 여행 경비가 늘어나는 것은 여행사 책임이 아니라고 앵무새처럼 외워 대던 현지 직원과 일진일퇴 줄다리기 끝에 서울 본사에서 제시해 온 조건은 비행기표는 이틀 뒤 것을 확보했으니 이틀 동안의 프라하 체류비 중 호텔 숙박비만 절반을 지원해 준다는 것이었다. 대신 이틀간의 프라하 여행은 가이드 없이 각자 알아서 하라는 것이었다.

이게 대량 난감이 아니고 무엇이란 말인가?

그전까지는 유럽 여행에 도가 튼 듯이 각 나라를 여행할 때마다 현지 가이드를 닦아세우며 설쳐대던 일행 중 몇몇은 꿀 먹은 벙어리가 되어 있었고, 마누라에게 온갖 지식을 동원하여 세상 모든 것 다 알은체하며 떠벌이던 나 역시 벙어리 냉가슴을 안고 가이드에게 이틀만 더 안내해 주면 안 되겠냐고, 가이드 비는 충분히 지불하겠다고 애원했건만 그는 계약이 끝난 데다가 다음 스케줄 준비 때문에 도저히 안 된다고 했다. 결국 우리 일행은 묵었던 호텔에서 몇 시간 고양이 목에 방울 달기 식 난상토론 끝에 각자 알아서 여행하다가 공항에서 만나기로 하였다.

그 시간부터 머릿속이 하얘졌다. 네 나라를 돌아다녀 왔지만 기억에 남는 것은 졸랑졸랑 따라다니던 가이드의 깃발과 서울서부터 그 이름을 들어왔던 에펠탑, 루브르박물관, 몽블랑, 레만호, 쉔브룬 궁전, 프라하 성, 카를교 정도였다. 가는 곳마다 방문했던 성당은 어느 것이 어느 나라 것인지 헛갈려 도통 분간할 수가 없었다. 시차 문제가 아니라 나이 탓이 분명했다.

큰딸이 사준 여행 안내서를 펴놓고 돋보기를 쓰고 다시 읽기 시작했다. 고등학교 졸업 후 시험이라는 것을 본 적이 없는 내가 다시 시험 공부를 하는 꼴이었다. 무식이 최고의 용기라는 말만 굳게 믿고 우리 부부는 이튿날 아침, 말도 안 통하는 낯선 나라에서 잘

못 돌아다니다가 길을 잃고 만리타국에서 불귀의 객이 되느니 호텔에 가만히 들어앉아 있겠다는 다른 여행객들의 염려를 한 몸에 가득 안고 보무도 당당히 호텔 문을 나섰다.

어디가 북쪽이고 어디가 남쪽인지도 분간하지 못하는 낯선 타국에서 지도 한 장 들고 프라하 여행 첫날 가이드 깃발을 따라 줄지어 갔던 프라하 성을 다시 가기로 작정한 것이다. 묵고 있는 호텔에서 가장 가까운 안델 역에서 프라하 지하철 B선을 타고 구시가지 광장역에서 A선으로 갈아타고 프라하 성 역에서 내리면 되지 않겠나, 하다 안 되면 무작정 걷자, 어제 가이드와 돌아다녀 보니 프라하라는 데가 서울의 강남보다도 작은 듯하니 두려울 게 없다 하는 심정이었다. 이참에 <걸어서 세계 속으로>에 출연하는 연습을 하는 것으로 했다.

두 시간 남짓 걸어서야 찾아낸 눈 덮인 프라하 성은 압권이었다. 눈 덮인 프라하 시가지와 유유히 흐르는 블타바 강을 내려다보는 조망은 내 생애 잊을 수 없을 것만 같았다. 가이드를 잃을까 봐 깃발에만 눈이 꽂혀 그가 보라는 것만 보아야 했고, 설명하는 것만 알은체 했고, 시간을 정해 주고 모이라고 하면 늦을까 봐 쫓기듯 종종걸음으로 집결지에 모였는데 폭설을 밟으며 성비타 성당을 비롯해 황금소로라는 데까지 찾아가 카프카라는 소설가가 살던 집까지 찾아내는 놀라운 성과를 거두기도 하였다.

프라하 성을 나와 황금소로 입구에서 소시지에 맥주 한 잔으로 허기를 달랜 후 무작정 카를교까지 걷기로 했다. 카를교의 조각상을 하나하나 감상하며 다시 걷다 보니 강변 건물에 카프카박물관이 눈에 띄기에 그곳에도 가볼 수 있었다. 자신감을 얻은 우리 부부는 밤에 구시가지와 바츨라프 광장에까지 진출하여 보드카에 체코 닭요리를 먹어 대며 '우리는 보헤미안이다!'를 속으로 외쳐 대기까지 했다.

이튿날 용기백배한 우리 부부는 가이드를 자청하여 일행 중 두 쌍의 부부를 더 끌어들여 다시 구시가지 광장에 나가 구시가지 청사 옥상 전망대, 성 미콜라스와 베네딕트 생애가 그려진 성 미콜라스 성당, 화약탑, 크리스탈 골목까지 구석구석 안내하며 섭렵할 수 있었다. 천문시계 앞 노천카페에서 마신 핫 와인은 유럽 여행의 음료 중 가장 오래도록 그 맛이 혀의 미각세포 깊숙이 남을 만했다.

유럽 여행의 가장 큰 소득은 남을 따라다니는 길의 한계를 절실하게 느꼈다는 것이다. 내가 찾아 나선 길이 내 길이고, 내 길에서 보고 느낀 것이 오래도록 기억에 남을 것임을 환갑의 늦다리가 되어서야 눈 하나 겨우 떴으니 이젠 배낭이나 새로 장만해야겠다고 서울행 비행기 안에서 당찬 꿈을 꾸었다.

아버님,
처음 뵙습니다

아버님, 오늘에야 아버님 얼굴을 처음 뵙습니다. 아버님, 우리의 만남이 몇 년 만인가요? 제 나이가 올해 마흔하나 이니까 사십일 년 만인가요? 무슨 부자 사이가 이럴 수 있지요? 사 십일 년이라니! 아, 아니군요. 우리 나이 계산법은 낳자마자 한 살 을 덤으로 얹어 주니 꼭 사십 년 만입니다.

따지고 보면 아버님, 우리 식 나이 계산법이 맞기는 해요. 뱃속 에서 열 달을 살다 나왔으니 낳자마자 한 살짜리 생명체로 인정을 해주는 것이 훨씬 과학적인 셈이지요.

아버님을 모시고 이사 가는 이 길이 왜 이리도 기쁘고 설레는지 모르겠습니다. 난개발 공장 지대에서 사시사철 스물네 시간 분진 에 소음, 거기다가 악취에까지 시달리시다가 새소리 물소리 바람 소리 끊이지 않는 심심산골로 이사를 가시니 아버님도 기쁘기 그지없으시지요?

저는 영영 아버님을 못 뵈올 줄 알았어요. 주변 일가친척들께서 부자간 인연을 이어 주시려고 네 아버지는 이랬단다 저랬단다 아무리 설명을 해주셔도 무엇 하나 아버님에 대해 감이 잡히는 것이 없었습니다. 한 번도 뵌 적이 없으니 그도 그럴 법하지요.

"느이 아부지는 법 없이도 살 사람이었지. 그렇게 착한 사람은 본 적이 없었단다."

"네 아버님은 일밖에 모르고 사셨단다. 허구헌 날 논밭 귀퉁이에서 일에 치여 사셨지."

"그 사람은 바보였지. 이렇다 저렇다 자기 생각을 한 번도 아버지께 말을 해본 적이 없지."

"네 아버지는 웃는 모습을 내보인 적이 거의 없단다. 아무리 좋은 일이 있어도 기껏해야 씨익 한 번 웃을 뿐 여간해서는 감정을 드러내는 일이 없었지."

"꼭뒤에 부은 물이 발뒤꿈치로 간다고 즈이 아부지가 새우를 안 먹더니 너도 새우를 안 먹는구나. 영락없이 즈이 애비를 닮았네."

아버님, 제 무릎에 앉아 가시니 편안하신가요? 아버님의 따스한 온기가 무릎에서 전신으로 번져 갑니다. 이 나이 먹도록 아버님 품에 안겨 보기는커녕 아버님께 이름 한 번 따뜻하게 불러 본 적 없는 제가 아버님을 품에 안고 아버님의 새 집으로 이사를 갑니다.

제가 통곡을 해도 시원치 않을 오늘 왜 이렇게 기쁘고 설레는지 아시겠어요, 아버님?

아버님의 유택을 허물고 유골을 수습하려는데 산역山役 하는 사람들이 아무리 파보아도 유골이 나오지 않는다고 투덜대며, 간혹 이렇게 유골이 땅 밑에서 유실되는 수가 있다고 설레발을 쳐댔습니다. 송장을 거꾸로 세워도 탈이 안 난다는 윤사월을 맞아 여기저기에서 이장移葬들을 해대느라 산역꾼들이 동나자 초보 날탱이들이 와서 작업을 하는 것 같아 심사가 뒤틀리기는 했지만 한편으로는 초여름 땡볕에 땀을 비 오듯 쏟으며 땅을 파는 모습에 안쓰러운 생각도 들어 그럼 별수 있겠나, 산역꾼들 말대로 흙 한 줌 대신 가져다가 새 유택에 봉안하면 되지 않을까도 생각했습니다.

죄송스런 말씀이지만 솔직히 유골이 있으면 어떻고 없으면 또 어쩔 것인가 하는 마음마저 들었습니다. 이미 사십 년 전 일인 데다가 내가 태어나기도 전에 돌아가신 아버님인데, 유골이 수습된다 해도 육탈이 다 되었을 테니 얼굴 모습을 볼 수 있는 것도 아니다 보니 그랬던 것이었습니다.

그때 그럴 일이 없다고, 방금 전에 작업한 증조부님 유택에서는 백 년 넘은 유골이 모두 수습되었는데 사십 년밖에 지나지 않은 형님의 유골이 모두 사라졌다는 것은 말이 안 된다, 다시 제대로 찾아보라는 작은아버님의 질책에 팀장 격인 사람이 교대로 들어가 다시

작업을 시작했습니다.

다행히 팀장은 작업이 노련하여 얼마 지나지 않아 유골을 하나둘 수습하기 시작하였습니다. 발가락뼈에서 시작되어 정강이뼈 대퇴골, 천골 장골 척추골 견갑골 쇄골에 이어 하악골까지 하나하나 어두운 땅속에서 나와 실로 사십 년 만에 윤사월 따뜻한 초여름 햇살을 쪼이셨습니다. 그리고 마지막으로 두개골이 다시 찾은 세상 밖으로 나와 심호흡을 하시는 것 같았습니다.

염사殮師가 유골 하나하나를 정성스레 털고 닦아 칠성판 위에 두개골부터 발가락뼈까지 차례로 맞춰 누이자 작은아버님께서 착잡한 제 마음을 풀어 주시려는 듯 아버지를 사십 년 만에 생면하는데 화장을 모시면 다시는 볼 수 없을 테니 기념사진 하나 찍을 테냐며 농을 걸어 오셨습니다.

아버지 같다는 느낌도 들지 않았던 터라 사진은 무슨 사진이냐며 웃어넘기려는 순간, 시선이 나도 모르게 염사가 잘 맞춰 놓은 아버님 두상의 치열에 꽂혔습니다.

재작년엔가 외모에 관심을 가지기 시작한 딸아이가, 참 이 아이가 아버님의 유일한 손녀예요, 치아교정을 해달라고 조른 적이 있었습니다. 하필이면 눈에 잘 띄는 아래 앞니 하나가 오른쪽으로 휘어 있어 거울을 볼 때마다 눈에 거슬렸던 모양입니다. 그게 다 아빠 탓이라며 아빠가 책임을 져야 한다나요? 사실 제 아랫니도 그렇거든요. 저야 뭐 치아교정 운운하며 조를 아버님도 없었고, 제가 자라던 그 시절에는 교정이라고 하면 원고 교정이나 교도소 교정직 공무원만 생각했지 언감생심 누가 치아교정을 생각이나 했나요?

딸아이의 성화에 못 이겨 거울 앞에 서서 제 아랫니를 유심히 들여다보며 이참에 부녀가 함께 교정을 할까도 생각해 보았지만 돈 생각도 나고 딸애가 아직 어린 나이라 포기를 했었습니다.

그런데 오늘 아버님의 치열을 보니 어쩌면 그렇게 제 치열과 똑같은지요. 어, 어떻게 아버지 치열과 내 치열이 똑같지 하고 감탄하는 소리를 들으신 숙부께서도 이를 드러내 보이시며 당신도 그렇다고 하셨습니다. 옆에 섰던 사촌동생의 치열 역시 저보다는 덜했지만 아랫니 하나가 오른쪽으로 휘어 있는 것을 오늘에야 발견했습니다. 오늘 함께 모시고 이사를 가는 할아버님의 치열도 그제야 다시 살펴보았더니 역시 똑같으시더군요.

아버님, 오늘에야 비로소 제가 아버님의 아들이라는 것을 분명히 알았습니다. 아니, 내게도 나를 닮으신 아버님이 계시다는 것을 사십 년 만에 처음 알았습니다. 그간 제사를 모실 때도 날이 다가오는 것을 귀찮아하거나 심드렁했던 적이 한두 번이 아니었는데 이제 마음을 고쳐먹고 정성껏 모셔야겠습니다.

어느 날 하늘에서 뚝 떨어졌거나 땅에서 불쑥 솟아오르지 않고 아버님의 혈육임이 분명함을 알았으니 할아버님과 아버님을 모시고 이사가는 이 길이 어찌 설레고 기쁘지 않겠습니까?

아버님, 할아버님과 먼저 새 집에 가서 편히 쉬고 계십시오. 아래 앞니 하나가 오른쪽으로 휘어 있는 우리 가족들도 때가 되면 곁으로 가겠습니다.

하굣길

아버지, 요즘 고등학교 등록금이 얼마나 하는지 아세요? 개똥밭 같던 이승을 떠나 천상낙원에 올라와 세상 모르고 잘 살고 있는지 스무 해나 지난 애비한테 웬 뜬금없이 등록금 타령이냐고 하시겠지만 제가 아직도 그 등록금 때문에 노심초사하고 있어서 여쭌 것입니다.

아버지의 손주 세 명을 대학에 보내 둘은 졸업시키고 하나는 아직 재학 중이어서 등록금 걱정이 이만저만 아니긴 했지요. 둘이 졸업을 했다고는 하지만 둘 다 정부 융자를 얻어 등록금을 마련했기 때문에 아직도 다달이 제 월급의 삼 분의 일씩 꼬박꼬박 떼어 간답니다.

거기다가 대학 졸업 후 좋은 직장을 잘 다니던 큰손녀가 회사를 때려치우고 다시 대학원에 진학한 탓에 학교 선생 월급 받아 뒤치다꺼리하자니 등록금 걱정이 끝이 없습니다.

그렇다고 오늘 제가 천상낙원에 계신 아버지께 애들 등록금이나 하소연하자고 이렇게 주저리주저리 푸념을 늘어놓는 것은 아닙니다. 그냥 술 한 잔 마신 뒤 아버지 생각이 나서 그러는 거예요. 뭐 불현듯 아버지 생각이 나서 이러는 것은 아니고 오늘 학교에서 무슨 일이 하나 있었거든요.

아버지, 제가 학교 선생인 것은 잘 아시잖아요? 대학 졸업 후 다른 직장으로 가겠다고 했을 때 단연코 학교로 가야 한다고, 작은 시골 마을이지만 조상 대대로 서당 훈장을 지낸 집안이니 대를 이어 선생을 해야 한다고 강권하셔서 이 길로 들어섰잖아요.

선생 노릇을 하다 보니 가끔 신물이 나는 이야기를 들을 때가 많아요. 오늘도 졸업을 앞두고 소위 졸업사정회라는 것을 했습니다. 누구에게 무슨 상을 주고, 누가 졸업하는 데 결격 사유가 있는가 따위를 조사하여 졸업 여부를 결정하는 것이지요. 아버지께서 다니셨던 옛날 서당에서는 없었던 절차입니다.

사정회 때마다 우습게도 가장 관심거리가 등록금 미납자 처리 문제입니다. 상장을 주는 일이야 모두 전산 처리된 성적순으로 처리하면 되지만 등록금을 미납한 학생은 졸업을 유예시켜야 되거든요. 그렇다고 정말 졸업을 유예시킬 수도 없는 노릇이다 보니 관례상 담임에게 의견을 묻습니다. 그러면 대개 '제가 책임지고 납부하게 하겠습니다.'라고 하면서 넘어가는 것이 대부분입니다.

그런데 오늘은 한 담임선생이 일어나 '저는 책임지지 못하겠습니다' 하는 것이 아닙니까? 사연을 들어 본즉 3학년에 올라와 네 분기 중 한 분기도 등록금을 내지 않았다는 것입니다. 그렇다고 생계곤란자도 아니어서 등록금 지원 대상자도 아니랍니다. 부끄럽게도 그 학생의 어머니는 학교 선생이라고 했습니다.

뻐꾹새 우는 사연이야 어찌 집집마다 없겠습니까마는 도무지 이해가 되지 않아 퇴근 후 그 담임을 불러 술 한 잔 하며 자초지종을 들어 보니 이혼한 가정의 학생인데 교사인 학생의 어미가 차일피일 미루고 있답니다.

아버지는 아시는지 모르겠습니다만 교사의 자녀들은 고등학교까지 등록금이 지원됩니다. 그럼에도 그 어미라는 여자가 왜 등록금을 내지 않는지 분통이 터졌습니다. 그 담임과 이런저런 이야기를 나누다가 헤어진 뒤 소화도 시키고 술도 깰 겸 한강변을 걷다가 문득 아버지 생각이 난 것입니다.

아버지 그때 기억하세요, 내 중학교 3학년 가을의 3기분 등록금 내던 일? 우리 애들 등록금 마련할 때나 학교 학생들 등록금 문제가 생길 때마다 저는 또렷이 기억이 납니다.

중학교 3학년 2학기 중간고사를 며칠 앞둔 어느 날, 담임선생님은 종례 시간에 3기분 등록금을 내지 않은 학생들은 중간고사 시험을 치를 수 없다는 폭탄선언을 하였습니다. 이제 와서 생각하면 그도 그럴 것이 1970년 전후는 내남직없이 가난하기 이를 데 없는 시대였지요.

그때 담임교사의 역할 중 으뜸은 아이들을 잘 가르치는 데 있기보다 등록금 잘 걷어내는 데 있었지요. 교무실 칠판 한쪽에는 각 반별 등록금 납부 현황이 막대그래프로 그려져 있었지요. 들리는 이야기로는 교직원 회의 때마다 교장선생님은 그 막대그래프를 가리키며 등록금 납부 실적이 저조한 담임들을 다그쳤다고 합니다. 하긴 등록금을 걷어야 교직원 월급을 줄 수 있던 시절이었으니 그럴 만도 하지요.

중간고사를 못 본다는 말에 겁을 잔뜩 집어먹은 저는 종례가 끝나자마자 고모네로 달려갔지요. 시골에서 올라와 고모 댁에서 기숙을 하던 때였으니까요. 급한 상황을 들으신 고모 역시 사시는 게 넉넉지 않아 등록금을 융통해 주실 수 없으셨는지 다음날 아침 첫차로 아버지께 가시는 것을 보고 저는 등교를 했습니다.

아버지, 제가요 어린 시절부터 기특한 데가 있었어요. 그건 모르시죠? 주말이면 시골집으로 내려가긴 했지만 농사일에 새벽부터 밤늦게까지 고생하시는 아버지께 등록금 달라는 말이 차마 나오질 않았어요. 더구나 중간고사 전에는 추수가 끝나질 않아 쌀을 내다팔 수가 없을 테고, 자연 아버지 주머니에는 돈이 없으려니 해서 추수나 다 끝나면 달래야지 했다가 중간고사도 못 볼 위기에 처하게 되었던 것이지요.

여느 날처럼 수업이 끝나고 친구들과 수다를 떨며 하교를 하는데 웬 할아버지 한 분이 교문 한가운데 떡하니 버티고 서 있는 모습이 멀리서 보이는 거예요. 먼발치에서 보니 지는 해를 등지고 시커먼 벙거지에 검불투성이의 낡은 점퍼, 흙이 잔뜩 묻은 장화, 지금 시대라면 영락없이 노숙자 그 자체였습니다.

그런가 보다 하고 몇십 걸음 더 다가가 다시 보니, 하뿔싸 그 할아버지가 바로 아버지였습니다. 제가 아버지의 하나밖에 없는 늦둥이 아들이긴 했지만 늘상 보던 아버지보다 열 살도 더 넘게 늙게 보이시는 아버지였습니다.

평소 친구들에게 우리 집은 시골에서 커다란 농장을 하고 있다고 뻥을 쳐온 터이기에 늙수그레한 모습으로 서 있는 아버지를 아는 체하기는 어린 마음에 자존심이 상했지요. 아버지를 알아본 그 순간 친구들에게 교실에 두고 온 것이 있다고 둘러대고는 다시 학교로 들어갔다가 해가 서산으로 넘어간 뒤에야 교문을 나섰지요.

땅거미는 이미 내려와 사위가 어둑어둑했는데도 아버지는 장승처럼 꼼짝없이 자리를 지키고 계셨습니다. 그제야 저는 기어드는 모기 소리로 '무엇 하러 오셨어요?' 하며 한마디 볼멘소리를 내뱉었지요.

그때 아버지는 주머니에서 봉투 하나를 제게 건네시며 어서 빨리 가서 월사금을 내고 오라고, 월사금을 못 내 시험을 못 보면 안 된다고 큰 걱정을 하셨습니다. 그러나 저는 시험을 보지 못해 낭패를 당하는 것보다도 초라한 아버지의 행색이 행여 친구들에게 발각될까 봐 더 큰 걱정을 하였습니다. 물론 아들의 등록금 걱정에 논에서 일을 하시다가 고모의 전갈을 들으시고 그 길로 한달음에 달려오신 것을 모르는 바는 아니었지만, 어린 마음은 그랬습니다.

그때 아버지는 내 마음을 아시는지 모르시는지 하굣길에 주머니에 동전 몇 푼이 있으면 반드시 들렀던 포장마차 어묵꼬치집을 지나 저를 데리고 학교 앞 빵집으로 들어가셨습니다. 찐빵과 만두를 찌는 문밖 가마솥에서 나는 김을 헤치며 들어간 빵집 안에는 난생처음 보는 양과자가 유리 진열장 안에 그득했습니다. 어묵꼬치보다 훨씬 비싼 찐빵과 만두를 배불리 먹을 수 있겠구나 기대에 부푼 제게 아버지는 천만뜻밖에도 양과자를 접시 가득 사주셨습니다.

아버지, 제 평생 그렇게 맛있는 양과자를 다시는 먹어 보질 못했습니다. 양과자를 입속 가득 쑤셔 넣는 그 순간만은 친구들이 보든 말든 아무 생각도 안 나더라고요.

아버지, 천상 낙원에서 잘 계시지요? 아버지, 제가요, 학교 선생 노릇 하며 한 가지 분명하게 잘하는 일이 하나 있습니다. 뭐냐구요? 등록금을 제때 못 내는 학생들에게 지난 삼십 년 동안 한 번도 독촉

하거나 다그친 일이 없다는 것입니다. 등록금 문제로 고심을 하는 학생이나 학부모가 있으면 무슨 수를 써서라도 장학금을 주선해 주었습니다.

아버지, 저 정말 잘했지요? 평생 칭찬에 인색하셨던 아버지이시지만 이 일만은 좀 칭찬해 주세요. 그래야 얼마 남지 않은 선생 노릇 몇 년 동안도 지금까지 해온 대로 하며 살아갈 힘이 생길 것 같습니다.

아버지, 죄송합니다. 그날 하굣길에서 보인 제 옹졸한 마음, 용서해 주세요.

3부

사람이 그립다

사람이 그립다 · 1

- 마지막 식사 대접

"삼복염천에 도배는 정말 죽을 맛인데요."

"죽을 땐 죽더라도 일이나 많았으면 좋겠어요. 올 들어서는 완전 꽝이에요. 아저씨네처럼 몇 년 동안이나 도배 안 하고 살면 우리 도배쟁이들은 다 굶어 죽겠어요."

"아주머니야 척척 붙이시기만 하면 되지만 뒷일 거드는 나는 가구 옮겨놓으랴, 방바닥에 묻은 풀 닦아내랴, 10년 묵은 먼지 털어내랴 열 손도 모자라겠는데요."

도배 뒷시중 드는 아들 모습이 안쓰러워 보이셨는지 어머니께서 한말씀 건네셨다.

"힘들지, 애비야, 모처럼 내려와서 집안일 하려니 힘이 들지. 나두 문중 벌초만 아니면 이 더위에 이 짓을 엄두도 내지 않았지. 그런데 느이 아버지 돌아가시고 10년이 지나도록 도배 한 번 안 했더니 집 나간 춘향의 집 같으니 벌초 하는 날 집안사람들 오면 창피하지 뭐냐?"

"벌초 때 우리 집에서 점심 준비하는 것이 몇 년 되었지요? 집안끼리 돌아가면서 식사 준비하기보다 이젠 식당 하나를 정해 놓고 하는 것이 이 더위에 부엌일 하는 여자들을 위하는 일일 텐데요."

"이 더위에 땡볕에서 땀 뻘뻘 흘려 가며 벌초하는 남자들도 있는데 집 안에서 음식 좀 하기로소니. 어쩌면 이번 밥 해내는 일이 나 죽기 전에 마지막 차례일지도 모르잖냐? 나 죽은 뒤에나 식당엘 가서 하든지 동산엘 가서 도시락 배달 시켜 먹든지 하려무나. 그리구 애비야, 이 찬장에 있는 그릇들 좀 안마당으로 내다 다오. 이 기회에 그릇들 좀 새로 닦아 놓자."

"어머니, 이건 뭐지요. 한 번도 써먹은 적이 없는 것 같은 구식 사기 주전자 같은데 그냥 버리시죠? 그리구 이 접시들 보세요. 사 놓으시고 한 번도 사용을 안 하셨는지 상표가 그냥 붙어 있네요. 상록수표 문화도기? 이건 요즘 들어 보지도 못한 옛날 고렷적 회사 이름 같은데요."

"아니, 그것들을 왜 버리냐? 멀쩡한 걸. 그릇도 고려장 지낼 테냐? 그 그릇들이 모두 옛날 내가 열무나 배춧단 이고 십 리나 되는 장에 가서 팔아 사 모으고, 또 남의 집 품일 해주고 품삯 받아 사들인 것들이란다. 아까워서 상표 딱지조차 떼지 않은 것이지. 그런데, 다른 건 몰라도 그 주전자만큼은 안 된다."

"왜요, 어머니. 요즘은 그런 주전자에다 술 먹는 사람도 없고, 그렇다고 물주전자로 쓸 수도 없고, 또 제주 병으로 쓰는 청자호리병은 좋은 것이 있잖아요? 더구나 이것은 진품 명품에 가지고 나가 조상 대대로 어쩌구저쩌구 하며 자랑할 만큼 오래된 골동품도 아니잖아요."

"돈이나 돼야 가지고 있을 눈치구나. 그 주전자는 느이 아버지께서 그 언제냐, 생전 뭐 사들고 다니시는 분이 아닌 것은 너두 잘 알잖냐? 돌아가시기 한 해 전인가 동네 노인회에서 어디 관광을 갔었단다. 생전 뭘 안 사던 노인네가 무슨 생각에선지 그걸 덥석 사질 않았겠냐? 술기운이셨는지, 땡볕에 앉아 물건을 파는 장사꾼이 안쓰러워 보여서 그러셨는지는 나도 모르지."

"그래 사다가 뭣에 쓰시긴 쓰셨어요?"

"쓰기는 뭣에 썼겠냐? 애비 니 말대로 제주 병이야 좋은 것 따로 있고, 물주전자로 쓰기에도 주둥이가 길어 쓸모없고, 그저 저 찬장에 모셔 둔 것뿐이지. 생전 그릇 사는 것에 반대하셨던 양반이 사신 것이라 하두 신기해서 지금까지 두고 본 것이란다."

"아니, 아버지 돌아가신 지가 10년인데 지금도 그걸 보구 계세요?"

"니들이야 아버지 삼우제를 지내구 나서 집 안에 아버지 물건 남아 있으면 그걸 들여다보며 에미 마음 상해 한다고 장롱 구석구석 뒤져 옷가지 몽땅 꺼내다 불 놓아 버렸다만 느이 5남매 다 서울 올라가 사는데 이 넓은 집에서 나는 무얼 바라보며 살겠냐? 그저 느이 아버지가 사놓은 저 싸구려 주전자나, 칠순 잔치 때 찍어 둔 비디오나, 저 사진 각구 속에 있는 느이 아버지 얼굴이나 바라보면서 사는 거지."

"그럼 아버지께서는 몸만 바람재미 선산에 누워 계시지 맨날 어머니하고 이 집에 함께 계시는 거네요?"

"그 노인네 오든지 말든지 내 할 바만 하면 되지. 왜 느이 아버지 돌아가실 적에 유언인지 뭣인지 딱 한말씀 하셨지 않냐? 나 죽거든 조문 오는 사람들 소홀히 대접하지 말라구. 허접한 병원 밥 멕이지 말구 집으로 내려가서 죽을 테니 집에서 음식 잘 장만하여 대접해야 된다구. 당신 돌아가시면 조문 오는 사람들이 마지막으로 당신 보러 오는 손님들이라면서."

"그러셨지요. 지금도 우리 회사 사람들이 상갓집에 가서 그렇게 잘 차린 음식 먹기는 처음이었다고 말들을 하곤 해요."

"느이 아버지 뜻이 그러셨는데 어쩌겠냐. 힘들어두 도배두 좀 하구, 음식도 정성껏 장만해야 하지 않겠냐? 나도 어쩌면 이번이 집안사람들에게 밥 대접하는 마지막이 될지도 모른다. 느이 아부지를 비롯해 조상님들 산소에 이발해 드리려구 집안사람들이 모이는 날인데."

사람이 그립다 · 2

- 유도자원방래 불역락호^{有盜自遠方來 不亦樂乎}

"어여 와, 근데 누구여?"

"……."

"누구여? 왔으면 들어와 앉어!"

"……."

"덥지? 뭐 마실 것 좀 줄까? 근데 이 더위에 웬 벙거지는 뒤켜 쓰고 댕겨? 벙거지 벗고 일루 와 앉어!"

"아…, 네…."

"어디서 왔어? 은지 애비여? 아니면 우람 애비야? 밤엔 당최 뵈질 않아서."

"아녜요, 할머니."

"아녀도 좋고 기라 해도 좋은데, 가만, 테레비 좀 끄고 불 좀 켜야겠네."

"아녜요, 할머니 그냥 텔레비전 보세요. 저는 그냥 갈게요. 집을 잘못 찾아 들어왔어요."

"이 한밤중에 젊은 사람이 집을 잘못 찾았어? 그럼 어디 사는 누구여? 뉘 집 아들인감? 하여튼 일루 와 앉어! 나하고 얘기 좀 하다가 가."

"아, 예. 할머닌 혼자 사시는가 봐요?"

"응, 나? 나 혼자 살아. 아주 심심해 죽겠어. 뉘 집 아들인지 몰르지만 기왕 들어온 것 나하구 얘기나 좀 하다가 가."

"할머닌 가족 없으세요? 이 큰 집에서 혼자 사세요?"

"응, 혼자야. 반지하방과 1층은 세 주었고 2층엔 나 혼자 살아. 애들은 6남매야. 손주도 열셋이나 돼. 작년까진 큰손줄 데리고 있었어. 근데 결혼하면서 나갔어. 요즘 시할망구하구 살 젊은 여자가 어딨어? 그래서 혼자야."

"아드님은요?"

"아, 젊은 양반! 일루 들어와 편히 앉어. 누가 잡아갈까 봐 문턱에 걸치구 앉아 있어. 우리 아들? 셋이지. 큰아들은 직장 땜에 저 대구에 살아. 지금은 정년퇴직했지만 워낙 대구에서 오래 살다 보니 거기 그냥 눌러앉았어. 거기가 좋대. 나보구 자꾸 내려오라는데 난 또 내가 살던 서울이 좋구. 이 집이 좋아. 내가 이 집에서 산 지 50년이 넘었어. 싯째부터 막내까지 넷을 이 집에서 낳아 길렀거든. 둘째, 싯째 아들은 미국에서 살어. 아마 나 죽었다고 부고장이나 보내야나 올랑가? 본 지가 하두 오래라서 아들 얼굴이 가물가물해."

"그럼 따님은 셋이겠네요?"

"셋이면 뭣해? 큰년은 그림을 한대나 뭘 한대나. 어쩌다가 통장으루 돈이나 부쳐 주는 걸루 끝이구 통 얼굴을 안 보여줘. 둘째는 지 신랑 따라 지방에서 사는데 몸이 안 좋아. 친정 나들이를 못해. 막내는 서울 사는데 맨날 애들 뒤치다꺼리에 정신없대. 걔두 애가 셋이야. 요즘은 대학 보내기가 그렇게 어렵다네. 가끔 손님처럼이나 왔다가 가. 하룻밤 자구 가면 누가 잡알 가는지. 젊은 양반, 오늘 나하구 하룻밤 자면서 얘기나 해. 내가 낼 아침에 맛난 아침 해줄게."

"아녜요, 할머니. 저두 집에 가봐야 해요."

"지금이 몇 시야? 어차피 늦었는데 그냥 자. 어떤 땐 저 벨이라도 누르고 싶어. 아들이 달아 놓았는데 누르면 순사가 온대. 순사라도 오면 얘기할 사람이 생기잖아. 그리구 한잠 자구 일어나 통 잠이 오지 않을 땐, 정말 심심해서 미칠 지경일 땐 도둑이라도 왔으면 싶어. 그놈이라두 붙들구 얘기하게. 설마 이 늙은일 죽이지야 않겠지. 대들 힘도 없는데. 아흔이 낼모렌데 또 죽으면 어떻겠어! 이렇게 사느니 죽는 게 낫지. 죽어야 복이지. 나는 죽는 복도 못 가졌나 봐."

"할머니, 이렇게 밤마다 문을 열어 놓구 주무세요? 그럼 정말 도둑놈이 들어와요. 닫고 주무세요. 도둑놈이 돈 다 빼앗아 가면 어떡해요?"

"돈? 달라면 주어야지. 도둑이라도 오면 줄라구 이 자리 밑에 돈도 넣어 놨어. 젊은 양반 필요하믄 가져가. 애들이 돈은 잘 보내와."

"할머니, 정 이렇게 제게 돈을 안기시면 이걸 가지고 시골 어머님께 다녀올게요. 할머님 덕에 저도 몇 년 만에 떳떳하게 어머님을 뵐 수 있겠네요. 제 어머님도 할머님처럼 눈물에 눈이 굿어져서 앞을 제대로 못 보실 거예요……."

"할머니, 안녕히 계세요. 다음엔 벙거지 벗고 낮에 들를게요. 그래도 되죠?"

사람이 그립다 · 3

- 딸라 모으기

"큰아이가 잡혀 갔잖아요. 어떻게 손 좀 써 봐야지요. 이렇게 벽창우처럼 침묵만 하고 있을 거예요?"

"나보고 뭘 어떻게 하라는 거야? 그만큼 키워 주고 가르쳐 주었으면 됐지 뭘 또 하라는 거야!"

"변호살 사든지 검찰이나 경찰에 아는 사람을 찾아서 손을 쓰든지 해얄 것 아니에요?"

"변호사는 무슨 돈이 있다구 변호살 사? 정년퇴임한 지가 이십년이 다 돼. 평생 뼈빠지게 번 것 다 지놈들 시집 장가 보내구 집사주구 하는 데 다 썼는데 돈이 있긴 어딨어? 그리구 그놈두 그렇잖아. 경제사범은 큰 죄가 아니니까 한두 달 있으면 나온다구."

"그야 부모 볼 낯이 없으니까 하는 말이지, 한두 달이 짧아요? 큰아이두 회사에서 쫓겨나다시피 나와서 처자식하구 먹구살려구 발버둥치다 들어간 것 아니에요? 맨날 애 들쳐업구 울며불며 면회 가는 메눌애 보기 부끄럽지도 않아요? 그리구 당신이 왜 돈이 없어요? 딸라는 돈이 아니구 무슨 뒷간 휴지 조각이에요?"

"이 예편네는 뭔 돈 쓸 일만 생기면 딸라 타령이야. 내가 당신을 굶기길 했어, 애들 건사를 못 했어? 팔십이 다 되도록 할 만큼 했잖아? 그럼 이젠 자식들이 외려 날 먹여 살려야지 아직두 내가 자식 옥바라지까지 해야 되나?"

"이젠 영감두 포기해요. 케비에스서 이산가족찾기 방송 헐 때부터 미친 사람처럼 마음을 못 잡은 게 벌써 이십 년이 넘었어요. 방송국으루 이북 5도청으루 찾아댕기느라 늙기만 더하구 뭐 시원한 소식 하나 얻지도 못하구. 남북 이산가족 상봉도 저렇게 가물에 콩 나듯 찔끔찔끔 하는데 어느 천 년에 당신 차례가 오겠어요? 더구나 이북 싫다고 남쪽으로 야반도주한 당신을 뭐 이쁘다구 불러 주겠어요?"

"그래서? 딸라를 다 내놓으라는 거야, 시방?"

"누가 다 내놓으래요? 조금만 큰아이를 위해 쓰자는 것이지요."

"그 돈은 절대 안 돼! 내가 혈혈단신 남으로 내려와 첫 월급을 탈 때부터 그 애 몫으로 모아 놓은 거라는 거 할멈도 잘 알잖아. 할멈과 재혼할 때부터 내가 다짐을 받지 않았어? 통일되면 그놈도 살밑천을 마련해 주어야 한다구. 다른 건 다 할멈 말 들으며 살 테니 이 돈만큼은 눈 감아 달라구. 애비 없이 자라 벌써 쉰이 넘었을 텐데. 그동안 자기를 버리고 혼자 도망한 애빌 얼마나 원망하며 살았겠어. 마누라는 지차야. 돌 지난 걸 보구 와서 50년이 지났으면 잊혀질 만도 헌데 땅구석에 들어갈 날이 다가올수록 점점 더 또렷해 와."

"또 시작이구려. 저놈의 눈물은 마르지도 않으니. 외환관리법인가 뭔가에 안 걸릴려구 월급날이면 교회에 십일조 바치듯이 명동 암딸라 아줌마한테 몰래 바꿔 땅속에 묻고, 이사헐 때면 맨 먼저 독 속에 넣어 장롱 깊숙이 감추고, 언제부턴가 딸라로 예금해도 된다니까 나두 모르게 몰래 은행 가져다 넣구는 통장을 감춰 놓구. 그 긴긴 얘기를 아예 소설로 쓰시지."

"거긴 딸라가 최고래. 북쪽 가족 상봉하러 가는 사람들마다 어떻게 남의 눈을 피해 딸라를 전해 줄까 그 궁리래. 할멈, 내 할멈에게 평생을 두고 크게 잘못한 일 없지 않나. 늙은 영감 봉양하며 오늘까지 살아 준 게 고마워. 아무래도 할멈이 나보다야 더 살겠지. 여기 자식들에게 해준 것에 비하면 북에 있는 녀석 몫은 땡전 한 푼도 없지 않는가 말이야! 그러니 그것만은 지키게 해주구려. 나 죽은 뒤에라도 할멈이 가지고 있다가 좋은 세상 되어 내 대신 할멈이 만나거든 전해 주구려."

"영감이 돌아가신다구요? 아이구 억울해서 어찌 땅속으로 가신대요? 영감은 나보다 더 오래 살 테니 두구 봐요. 내가 영감 치다

꺼리하다 지쳐 죽으면 죽었지 영감은 북에 두고 온 본마누라와 첫 아들 때문에 못 죽을 거유! 이젠 팔자에 없는 아들까지 떠안게 생겼시다."

"할멈, 정 돈이 없으면 어떻게 구해 볼까?"

"됐어요. 그 딸라를 내가 받아 쓰면 천벌을 받지요. 이리 뛰고 저리 뛰는 메눌애가 하두 딱해서 한 말이에요. 작은애가 어떻게 마련해서 지 형수한테 전해 주었대요."

"그래? 이젠 나 없어도 잘들 살겠구면. 할멈은 좋겠네, 든든한 아들 둘이나 있어서."

"영감은 더 좋잖아요. 북에두 있구 남에두 있구."

사람이 그립다 · 4

- 진주 목걸이

짠돌이 구 첨지가 동영부인으로 중국 여행을 떠난 것은 실로 동네 사람들은 물론 가문 전체의 빅 뉴스거리였다. 국민학교 동창들의 등쌀을 견뎌내지 못한 점도 있었지만 무엇보다 아내를 구슬리기 위한 구 첨지의 큰 결단이었다.

짠돌이 구 첨지가, 이혼하자며 눈에 쌍심지를 켜고 달려드는 아내에게 손금이 다 닳도록 빌던 참에 불알친구들이 부부동반 중국 여행을 제의해 온 것이었다. 30년 넘게 살아오면서 자신은 물론 아내에게 타국 바람을 콧구멍 속에 넣어 준 적이 없는 구 첨지가 이번만큼은 먼저 나서서 아내를 채근해 댔다. 방 여사는 자존심이 상할 대로 상하긴 했지만 낼모레 환갑 나이를 먹도록 경험하지 못한 해외여행이라는 말에 못 이기는 체 응낙했다.

방 여사가 남편의 애면글면 제의에 마지못해 가는 척하며 응낙

한 데는 남편을 향한 측은지심이 발동하기도 했다. 같은 이불 아래 사는 동안 도박에 바람기에 속 끓인 것을 생각하면 당장 내쳐 버리고 더 늙기 전에 팔자나 고쳐 볼까도 했지만 큰딸 결혼식에 손이나 잡아 보고 헤어져도 헤어지자며 무릎을 꿇는 모습에, 그래 마지막으로 애비 노릇이나마 하게 해주자는 셈을 하던 차에 꿈에도 그려 보지 못한 해외여행 기회가 생긴 것이다. 그것도 영감이 거금 일백만 원을 현금으로 건네며 여행 가서 마음껏 써보라 했으니 돈의 출처가 어디였든 우선 먹기에는 곶감이 달다고 돈부터 챙기고 떠나온 것이었다.

5박6일 내내 구 첨지의 아내에 대한 배려는 남달랐다. 밤마다 한 방에 모여 포커판을 벌이는 불알친구들의 온갖 놀림에도 아랑곳하지 않고 구 첨지는 주야장천 아내 방 여사의 비위를 맞추는 데만 온 정성을 쏟았다. 그도 그럴 것이 이번 사건은 다른 어느 때보다도 아내를 크게 자극했고, 아내는 급기야 이혼이라는 초강경수로 응대해 온 것이었다. 철딱서니 약속다방 정 마담이 불경기에 장사도 어렵고, 이참에 다방을 정리하고 살림을 차리자며 집으로 들이닥치는 바람에 방 여사의 심기가 열두 번은 더 뒤집혔으니 수단 방법을 가릴 계제가 아니었다.

가이드에게 간청 간청해서 얻은 푸른 알약이 진짜인지 가짜인지 묻지도 따지지도 않고 하루 한 알씩 꼬박꼬박 먹어 가며 열과

성을 다한 구 첨지의 눈물겨운 노력 끝에 방 여사는 마음을 조금씩 열기 시작했다. 여행 나흘째가 되어서야 구 첨지는 방바닥 새우잠에서 방 여사 혼자 널찍이 누워 뒹구는 침대 위로 올라갈 수가 있었으니 그의 노력은 가히 눈물겹지 않을 수 없었다. 구 첨지의 방 여사에 대한 최대 최고의 희생은 여행 닷새째 되는 항주杭州의 쇼핑센터에서였다.

항주 로컬 가이드 최복금 여사의 노회한 언변술이 작용하지 않은 것은 아니었지만 귀동냥으로 서호西湖 담수淡水 진주의 명성을 들었던지라 미리 준비해 온 거금을 털어 지름 15밀리미터급의 흑진주 목걸이를 방 여사의 목에 걸어 주었다. 친구들의 온갖 쑥덕거림도 못 들은 체하며 오로지 아내의 환심을 사는 데만 몰두했다. 바가지를 쓰면 어떻고, 속아 넘어가면 어떻고, 돼지 목에 진주 목걸이면 어떠랴. 진주 목에 돼지 목걸이라 해도 방 여사의 입만 떡 벌어져서 이혼의 위기를 넘기기만 하면 장땡인 것이 구 첨지의 심사였다.

엄지손톱만 한 흑진주 목걸이의 효과는 만점이었다. 마지막 날 밤, 방 여사는 자신 곁에서 애완견처럼 붙어 있는 남편의 등을 떠밀어 포커판이 벌어진 방으로 넉넉한 군자금까지 쥐어 주며 들여보냈다. 대성공의 만세를 부르며 개선장군처럼 입장하는 구 첨지를 불알친구들은 빈정거림이 뒤섞인 격려와 찬사로 맞아들였다.

그러나 행운은 연속적이지 못했다. 가진 돈에 방 여사가 안겨 준 투전 밑천까지 톡톡 털린 구 첨지가 새벽 두 시가 되어 방으로 찾아오자 아내 방 여사가 오간 데가 없었다. 몇몇 친구의 방에 인터폰을 해봐도 종무소식이었다. 가이드에 이끌려 소주蘇州의 한 호텔 방을 찾을 때도 미로 같은 호텔 구조 때문에 혼을 빼앗겼는데 생전 처음 해외에 나온 마누라가 한밤중에 길을 잃으면 난감, 또 난감이었다. 더구나 아내는 값비싼 진주 목걸이를 하고 있지 않은가. 행여 호텔 밖에 나다니다가 강도나 당하지 않았을까 하는 걱정이 불현듯 일었다. 오吳나라 궁궐 모양을 본떠 만들었다는 고래등이라나 희래등이라나 이 복잡 미묘한 호텔 곳곳을 몇 차례 길을 잃으며 찾아보았지만 헛수고였다. 말도 통하지 않는 종업원들에게 물을 수도 없고, 새벽잠에 빠진 가이드를 깨울 수도 없어 발을 동동 구르고 있는데 방 여사가 정원 한쪽을 산책하고 있는 모습이 눈에 띄었다.

방 여사는 첫 번째 해외여행 마지막 밤의 아쉬움과, 흑진주 목걸이에 대한 감격과, 남편 구 첨지를 용서는 하되 어떻게 다짐을 받을까 하는 생각들이 겹쳐 잠이 오질 않아 뜰에 나선 것이었다. 이국 호텔의 아름다운 뜰에 내려앉은 달빛은 방 여사를 열일곱 소녀로 바꾸어 놓기에 충분했다.

그런데 평소 같으면 동이 터서야 기어들어올 남편을 뜰에서 마주친 것이다. 남편이 얼마나 오랜 시간을 찾아 헤맸는지 모르는 방 여사는 반가움과 고마움이 엎치고 덮친 마음에 남편에게로 다가 가자 구 첨지는 느닷없이 소리를 질러댔다.

"예편네가 한밤중에 어딜 쏘다니는 거야? 목걸이는 어디 있어? 그 비싼 목걸이 잃어버린 것 아냐?"

돈을 몽땅 털린 뒤틀린 심사인 데다가 두고두고 생각해 볼수록 흑진주 목걸이 값이 지나치게 비쌌다는 생각이 들자 자신도 모르 게 역정이 나서 질러댄 소리였다.

"아니 왜 이리 소리를 지르구 그래요? 도박판 한 판 벌이면 동이 터도 모르는 사람이기에 오늘도 날밤 새우고 들어오나 보다 하고 마지막 밤 산책이나 하자고 나온 것인데 웬 목걸이 타령이에요?"

"아, 이 사람아 나는 또 그 비싼 목걸이를 잃어버려 그것을 찾으 러 나갔나 했지?"

"뭐라구? 목걸이? 그래, 이 영감탱이야, 마누라는 아랑곳없고 이깟 진주 목걸이가 더 소중한 거냐? 관둬라, 관둬! 이까짓 것 정 마담 인지 뭔 년인지나 갖다 주고 잘 살아 봐라, 이눔아!"

방 여사가 내동댕이친 진주 목걸이는 구 첨지의 얼굴을 때리고 정원의 차가운 대리석 위에 흩어져 구 첨지 부부가 이혼을 하든지 졸혼을 하든지 아랑곳없이 달빛에 영롱하게 빛이 났다.

사람이 그립다 · 5
- 5일장 풍경

"덕재 할머니는 오늘도 장에 가시네. 얼른 올라오세요. 차 떠나요."

"이게 누구야? 아이구 진구 할머니 아니셔? 장에 가세요?"

"네, 하두 오래 집에만 혼자 누워 있으려니 갑갑증도 나고 여기저기 쑤시지 않는 데가 없어요. 한의원에 가서 침 좀 맞고 물리치료도 좀 하려구요. 천오백 원만 주면 다 해주는 걸요. 요즘 의료보험이라는 게 생겨서 자식보다 훨씬 나아요. 어떤 아들 딸년이 여기저기를 그렇게 시원하게 주물러 줄까? 거동만 제대로 할 수 있으면 매일 가서 물리치료 받고 싶은 걸요. 그런데 덕재 할머니는 그게 무슨 보따리예요?"

"어, 이거? 이거 질갱이지요. 길바닥, 논두렁, 밭두렁에 지천으로 널린 걸요. 한나절만 뜯으면 한 잘래기가 수북해져요."

"그걸 내다팔게요?"

"그럼요. 가만 집에 들어앉아 있으면 누가 돈 가져다줍니까? 이렇게 한 잘래기 캐다 장날마다 내다팔면 오륙천 원은 거뜬히 벌어요."

"아유 덕재 할머니가 돈이 없으셔서? 서울 아드님한테 푸성귀 뜯어다 파는 것 들키면 경치실 텐데."

"지깟놈이 경을 치든 주리를 틀든 내 손으로 내가 벌어 쓰는데 무슨 상관이래요?"

"아드님이 돈 많이 벌었다고 근동이 다 아는데 아니, 그 아들이 용돈도 잘 안 주나요?"

"안 주기는요, 잘 주지요. 그런데 아들 뒤꼭지라도 자주 봐야 하는데 워낙 바쁘대나 어쩌대나 잠깐 왔다가는 마루 끝에 앉아 물 한 모금 마시고는 봉투 하나 던져놓고 가기가 일쑤인 걸요. 에미가 해주는 밥이라도 한 그릇 먹고 가면 을매나 좋아요."

"그래 오륙천 원은 벌어 뭣하시게요? 왔다 갔다 마을버스 삯 내고 나면 남는 것도 없을 텐데."

"어디 돈 벌자구 나오나요? 닷새마다 오는 장날에 사람 귀경 하러 나온다우. 오륙천 원 벌어 차비 이천 원 내고, 삼사천 원 남으면 식당에 들어가 소주 한 병 시켜 국물 좀 달래면 점심 한 끼 때울 수가 있지요. 집에 있어 봐야 혼잣상에 어디 밥이나 제대로 들어가요? 그래두 장날이나마 질갱이 고사리 고춧잎 같은 거 캐고 따다가 팔아 식당에 가 앉아 있으면 젊은 사람, 늙은 사람, 잘생긴 남자, 못생긴 여자 많이많이 볼 수 있잖아요. 어쩌다 친정 동네 아는 사람이라두 만나면 사람 귀경 실컷 하구 막차를 타고 들어가는 날도 있어요."

"허긴 나두 집구석에 혼자 처박혀 있는 날이면 갑갑증이 나서 어떤 날은 집 앞 신작로에 지나가는 자동차 숫자를 센 적두 있어요."

"나만 그런 줄 알았더니 민재 할머니두 그러시는구랴. 숫자 많이 세면 치매도 안 걸린다네요."

"덕재 할머니 친정이 들미지요. 요즘도 들미 사람들이 장날에 나오나요? 꽤 거리가 먼데."

"자주는 못 봐두 어쩌다 봐요. 미장원에 파마 하러 가거나 이 푸성귀 놓고 장터에 앉아 있으면 오가다 인사하는 친정붙이들이 더러 있지요."

"여자는 늙으나 젊으나 친정을 잊지 못하지요. 그나저나 날이 궂어서 안 팔리는 날도 있을 텐데?"

"그런 날은 오리고깃집으로 가면 돼요. 거 왜 있잖아요, 만득 씨 메누리. 그 사람이 젊어 혼자 된 뒤 이태 만에 툴툴 털고 일어나 읍내 장터에 오리고깃집을 차렸잖우. 아들 둘하고 살면서 언제까지 늙은 시아버지 손만 바라보고 살 수 있었겠어요? 그래서 죽은 남편 앞으로 받은 논을 팔아 식당을 낸 거래요. 그 집에 이걸 가져다 주면 밥도 한 그릇 주고 소주도 한 병 줘요. 그리곤 다음 장엔 무슨 나물을 좀 뜯어다 달라고 부탁꺼정 할 때도 있는 걸요."

"그 사람 음전하고 엽엽하다는 이야기는 시집올 때부터 들었는데 인정을 쓸 줄 아는 사람이네요."

"민재 할머니, 한의원 갔다가 그 오리고깃집으로 오세요. 내가 오늘 이 질갱이 팔아 한턱 내리다. 민재 할머니도 혼자 밥상 차리기가 쓸쓸하시잖아요?"

"그러지요. 허긴 나도 점심을 먹고 나올까 하다가 차리기도 구찮고 해서 그냥 나왔어요. 그럼 오늘은 내가 덕재 할머니께 얻어먹고 다음 장엔 내가 질갱이 캐다가 팔아 사드리리다."

"그러세요. 그런데 서루 질갱이 많이 팔겠다고 민재 할머니와 내가 장사 시샘으로 싸움나지 않을까요?"

"싸울 일이 있으면 싸움도 하지요 뭐. 자 다 왔네요. 어서 내리세요."

사람이 그립다 · 6
- 거짓 부고장

"박 영감님, 오늘은 약주가 과하십니다."

"아이구, 조 회장님! 뭐 이 정도야. 또 과하게 마신들 어떻습니까?"

"회장은 무슨 회장입니까? 설렁탕집 쥔 영감이지요. 벌써 취기가 있으신대요."

"아, 두 아드님이 회장님 회장님 하며 잘 모시지 않습니까? 저는 그저 술에 취해서나 누워야 겨우 한잠을 자는 걸요. 빈집에 혼자 덜렁 들어가면 잠이 안 와요. 머릿속으로 밤새 소설책 몇 권 쓰며 뒤척이지요."

"요즘 부쩍 술이 느셨어요. 마나님 보내신 후로 많이 적적하시지요?"

"우리 할멈이요? 그 사람이야 행복하지요, 영감 시중 받다 갔으니. 문제는 이제 접니다. 누구 하나 살갑게 들여다보는 자식이 없어요."

"애들아, 여기 영감님 따뜻한 국물 좀 더 가져다 드려라!"

"아이구, 국물은 무슨. 그저 이걸로도 족합니다. 이렇게 먹고 들어가 자는 것이지요. 근데 조 회장을 뵈면 언제나 부럽습니다. 정말 부러워요."

"박 영감님, 나도 한잔 주시지요. 가게 문 닫을 때도 됐으니 나도 한잔 하고 들어가지요."

"허, 이거 고맙습니다. 오늘은 뜻하지 않게 술벗이 생겼습니다. 그것두 조 회장님과 말입니다."

"허긴 저두 하루 종일 설렁탕과 씨름하다 잠자리에 들면 여기저기가 욱신욱신한 게 쉬 잠이 안 와요."

"아니, 조 회장님이 무슨 설렁탕과 씨름을 해요? 두 아드님이 다 알아서 척척 하는데. 얼마나 보기 좋습니까? 두 아들 데리구, 두 며느리 데리구, 거기다가 마나님까지 자리를 턱 지켜 주시니."

"박 영감님, 무슨 말씀을. 뵙기 좋으신 거야 박 영감님이시지요. 아, 박 영감님 3남매야 천하가 다 아는 천재들 아닙니까? 미국 대학 교수에, 의사에, 신촌 바닥이 다 아는 일인데. 저는 애들 키울 때를 생각하면 아직도 등골이 서늘합니다. 허구헌 날 학교에 불려 댕기기나 허구, 대학에도 못 들어가 변변한 직장 하나 얻어 가지도 못해, 그러다 한 놈 두 놈 즈이들끼리 붙어살다 애 낳으니까 처자식

굶겨 죽일 것 같으니까 애비 설렁탕집으루 기어들어온 거 아닙니까? 아, 그때 박 영감님네 3남매는 여기저기 불려 댕기며 상장을 죄다 휩쓸었지요. 명문대는 혼자 독차지하지 않았습니까? 그때 생각을 하믄 지금도 속이 끓어오르는 걸요. 아, 그때 박 영감님이 우리 집을 쳐다나 봤습니까?"

"허헛, 모르시는 말씀. 남들은 그렇게 말하지요. 그러나 이렇게 조 회장님네 설렁탕집에 와서 부자간에 정겹게 일하는 걸 보면 정말 부럽습니다. 지금 나는 자식들 얼굴 보기도 어렵습니다. 아시다시피 작은놈과 딸년은 미국에 가서 교수를 한대나 뭘 한대나 즈이 에미 죽었을 때나 나와서 들여다보곤 다시 나오지도 않잖아요. 작은놈과 딸년 보고 싶으면 거짓으로라도 내 부고장이나 보내야 할 겁니다."

"아니, 든든한 큰아드님이 있지 않습니까?"

"한동네서 살아 우리 집 사정 잘 아시믄서 뭘 새삼 물으십니까? 자식은 그저 울타리일 뿐이지요. 그놈이 언제 제 집에 와서 하룻밤이라도 함께 자준 적 있는 줄 아십니까? 늘 병원 일에 매달려 즈이 애비 병이 무엇인지도 모르고 있지요. 지난번에는 큰며느리가 그럽디다. 말동무도 하고 조석 끓여 줄 마나님 하나 얻어 새장가 가라구. 미국에 있는 애들도 동의했다구. 파출부 아줌마로는 한계가 있대나 뭐래나……."

"아, 그것 잘 됐습니다. 국수는 다음에 먹구 자, 건배나 한번 합시다. 말년에 복이 트셨습니다."

"복이요? 신촌 바닥 복은 조 회장께 다 갔습니다. 매일매일 아버님이라면 껌뻑 죽는 아드님에 며느님에, 그게 복이지요. 우리 큰며느리 그럽디다. 새어머님 들이시더라도 재산 문제만큼은 분명히 선을 긋고 들여야 한다고."

"아, 우리 저놈들도 내가 이 설렁탕집이라두 붙들고 먹고 사니까 들어온 게지 쪽박 차고 앉았으면 거들떠나 보았겠습니까?"

"무슨 말씀을? 두 아드님 덕에 가게두 늘리구 이렇게 번창하여 장안 제일의 설렁탕집이 되지 않았습니까? 자, 또 축배 한잔 합시다!"

"허긴 박 영감님 말씀이 맞습니다. 제 혼자 힘이었으면 이렇게 못했지요. 그런데 저놈들이 박 영감님네 자식들처럼 공부를 잘했으면 이리 되지도 않았겠지요?"

"참, 공부가 뭔지 모르겠어요. 내 자식들은 다 떠나가 버리고, 회장님 자식들은 모두 아버지 품으로 되돌아오고. 무얼 어떻게 가르쳐야 되는지 죽을 때가 되어서도 모르겠습니다. 정말 자식 가르치는 것을 인생 최고의 낙으로 알았었는데."

"품안에 자식이라지 않습니까? 아, 그럼 세 자식 중 한 아이는 대충 가르치시지 그러셨어요? 그럼 아마 그 자식 때문에 평생 가슴 앓이하며 사셨을 걸요? 그저 즈이들 잘 되어서 잘 사는 것 보면 됐다 생각하셔야지요. 걔들도 지 자식들 가르치느라 영감님처럼 노심초사할 겝니다."

"허긴 그러겠지요? 그놈들이나 늙어서 나같이 되지 말아야 할 텐데. 조 회장님, 오늘은 우리 집에 가서 나와 함께 술이나 한잔 더 해 주지 않으시겠습니까? 내가 술이 취했나? 조 회장님께 응석을 다 부립니다그려."

"아, 그러지요. 우리 이 잔만 비우고 박 영감님네로 갑시다. 애들 더러 수육이나 따뜻하게 싸라고 하지요. 나두 그렇게 생각했습니다. 오늘은 아무래도 박 영감님과 함께 있어야 할 것 같아요. 아, 그런다구 뭐 우리 할멈이 마다 하며 강짜를 부리겠어요? 그리구 낼 아침엔 우리 가게에 와서 또 해장국이나 먹읍시다."

사람이 그립다 · 7

- 내기 골프

　　"캐디 언니, 아니 저 자식들은 무슨 대통령 골프를 치나 황제 골프를 치나? 돈이 남아도는 놈들인가 셋이서 치면서도 왜 저리 굼뜬 거야?"

　　"글쎄 말이에요. 홀 아웃이 너무 느려요. 아무래도 큰돈을 걸고 내기를 하는 것 같은데요."

　　"아니, 넷이서 치면서 타당 십만 원을 건 우리도 웬만하면 오케이를 주는데 저 자식들은 도대체 얼마를 걸었길래 오케이도 한 번 없이 죽자사자 치는 것이야?"

　　"박 사장, 목소리 큰 네가 한번 소리 질러 봐라."

　　"안 돼요, 사장님. 그러다 싸움 나면 큰일이에요. 조폭일지 어떻게 알아요? 조금만 기다려 보세요. 곧 아웃 코스로 들어가니까 그늘집에서 쉬면서 앞 팀 언니에게 이야기할 게요."

"혹시 머리 얹으러 온 초짜들 아냐?"

"초짜 같은 소리! 저 폼 좀 봐라. 최경주, 최상호하고도 막상막하로 붙겠다."

"그나저나 뒤 팀에서도 난리예요. 우리보고 빨리 홀 아웃 하라고 사인을 보내오는데요."

"아무래도 저 자식들 내기 도박꾼들 같은데."

"야야, 저것들 혹시 무슨 외제차 내기나 아파트 한 채 내기하는 것 아냐?"

"야야, 며칠 전 신문을 보니 억대 내기 골프하다가 몇 놈 걸렸다고 하더라."

"왜 옛날에 무슨 백화점 회장인가 누군가는 내기 골프로 백화점까지 날렸다고 하지 않았냐?"

"저 언니들 경기 운영 제대로 못한다고 징계 먹게 생겼군."

"야, 이제 9홀이다. 얼른 끝내고 그늘집에 가서 저놈들 사연이나 들어 보자."

"캐디 언니, 앞 팀 언니들한테 무슨 내기를 그렇게 엄격하게 하는지 알아봐 줘."

"네. 그나저나 지배인님에게 걸리면 저 언니 정말 징계 먹게 생겼어요."

"신 사장, 됐어. 오케이! 홀 아웃 하고 그늘집으로 가자구. 가서 오리알에다 생맥주나 한 잔 쭈~~욱!!"

"언니, 알아보았어?"

"네. 그런데 무슨 내기를 하는지 맞혀 보세요. 스무고개라도 못 맞히실 걸요."

"맞히면 생맥주 한 잔 쏠래?"

"좋지요. 까짓것 생맥주 정도야!"

"까짓것? 생맥주가 까짓것이면 내가 맞히는 대로 19홀로 직행하는 것은 어때?"

"으이구, 사장님 기냥 이대루 사모님께 보고합니다. 미투 모르세요?"

"알았다, 알았어. 무슨 내기를 한다든?"

"나 시집 안 갈래요. 새끼들 낳아 봐야 저 모냥들인데. 으이구 인간 말종들."

"뭔데, 왜 그래. 흥분하지 말고 차근차근 말이나 해봐."

"아 글쎄, 저 인간들이 치매에 걸린 어머니 모시기 내기를 한대요. 셋이 친형제 사이인데 꼴찌 하는 놈이 치매 걸린 어머님을 모시고 살기로 했다네요. 무슨 피지에이 선수들이라고 오케이 한 번 없이 눈에 불을 켜고 치고 있다네요."

"미친놈들 아냐? 아예 고려장을 지내지."

"미친놈들 뒤에는 그 미친놈들을 뒷조종하는 미친년들이 있대요. 지금 저 인간들 마누라들은 클럽하우스에서 경기 결과를 초조하게 기다리고 있다네요. 나 원 참."

사람이 그립다 · 8
- 병술년에는 개가 되고 싶다

김 여사, 나 박정팔입니다. 지금 집이신가요 공원이신가요? 아무리 생각해 봐도 김 여사에게만은 이야기를 남기고 죽든지 이 집구석을 떠나든지 해야 할 것 같아 전화를 걸었습니다. 약속 장소로 나가지 못할 것도 같고 해서요. 내 음성이 좀 떨리지요?

며느리요? 며느린 지금 개새끼 데리고 산책을 나갔습니다. 하루에 두 번 꼭 산책을 시켜야 비만을 막을 수 있다는군요. 김 여사야 효부를 두어서 좋겠습니다. 저요, 저도 물론 효부를 두었습죠, 방금 전까지는 그렇게 알고 있었습니다. 김 여사, 지금 내가 하는 이 이야기를 다른 사람에게는 절대 전하지 말아 주세요. 약속을 꼭 지켜 주세요. 멀쩡한 내가 왜 죽어야만 하는지, 이 세상에 남아 있는 한 사람에게만은 꼭 남기고 싶기에 며느리 나간 틈을 타서 염치 불구

하고 전화를 한 것입니다.

　제 음성이 떨리더라도 용서하시고 들어 주세요. 방금 전 며느리가 개새끼를 데리고 산책을 나간 뒤 나도 김 여사를 만나러 막 나가려던 참이었습니다. 현관에서 신을 신으려고 하는데, 아 글쎄 쓰레기봉투가 눈에 띄더라구요. 며늘애가 가지고 나가려다가 개새끼한테 신경 쓰느라 미처 챙기지 못한 게로구나 하고 내가 버려 줘야겠다 싶어 들고 나가려는데 쓰레기봉투 속에 낯익은 속옷이 보이는 거예요, 멀쩡한 것이. 그냥 버렸어야 했는데 늙은 영감이 주책없이 꺼내 본 겁니다.

　하, 글쎄, 말문이 막혔습니다. 민망합니다만 그것이 다름 아닌 제 팬티였습니다. 그것도 한두 개도 아니고 몇 개가 뭉쳐 있더라구요. 할멈이 먼저 간 뒤 냄새 나는 속옷을 며느리에게 빨도록 맡기는 것이 제일 고역이었습니다. 술 먹은 어느 날 내가 왜 김 여사께 그 고역의 속내를 털어놓지 않았습니까? 그때 김 여사께서 정 그렇게 힘드시면 모아서 달라고까지 하지 않으셨습니까?

　그러나 그럴 수는 없었지요. 그렇다고 내 손으로 빨자니 아들놈과 손주 애들 앞에 체면이 아니고, 그런데 다행히 며느리가 매일매일 내 방에 깨끗이 빤 팬티를 넣어 주길래 눈물겹도록 고마워했지요. 그것도 같은 회사의 같은 무늬가 있는 것으로 신경을 썼더라구요. 친구들을 만나 자랑도 했지요. 모두들 효부 났다고 부러워들

했습니다. 왜 늙은이들이 모이면 처음에는 자식 자랑을 늘어놓게 되잖습니까? 그런 줄 알았습니다. 행복하기도 했구요. 그 덕에 죽은 할멈 생각도 접을 수 있었고, 죽은 할멈 생각을 접으니까 김 여사도 사귈 수 있게 된 것입니다.

그런데 그것이 아니었습니다. 며느리는 늙은 시애비가 벗어 놓은 팬티를 만지기도 싫었던 겁니다. 왜 늙으면 소변도 늘 지리지 않습니까? 그래서 냄새도 났겠지요? 그래서 그런지 내가 벗어 놓은 팬티를 쓰레기봉투에 그날그날 버렸던가 봅니다. 손으로 집지도 않았을 겁니다. 쥐덫에 걸린 죽은 쥐 집듯이 눈 찡그리고 코 막고 집게로 집어서 넣었겠지요.

그리고는 매일매일 똑같은 무늬의 새 팬티를 빨아서 내 방에 넣은 것입니다. 참 기가 막히고 답답한 노릇입니다. 며느리는 개를 데리고 산책을 나갈 때마다 개똥을 주워 담을 비닐봉투며 밑 닦아줄 물종이까지 챙겨서 나갑디다. 개새끼 밑은 정성스레 닦아 주면서 그래 시애비 팬티는 빨기조차 싫어 매일 새로 산 팬티를 빨아넣어 주다니, 이렇게 짐이 되다니, 살아 무엇하겠습니까?

아들에게 이야기할까도 생각했었습니다. 그러나 그랬다가는 집안 분란만 커질 것이고, 사네 못 사네 티격태격할 것이 뻔하니 그저 조용히 내가 죽는 것이 마지막으로 자식을 돕는 것이겠거니 생각했습지요. 김 여사님, 제발 부탁입니다. 이 말은 꼭 김 여사만 알고 계세요. 죽은 할멈이 들어 줄 리도 만무하고, 이렇게라도 말하지 않고 가자니 너무도 답답하고 원통해서 이러는 겁니다. 김 여사 앞에서 저승으로 가신 김 여사 영감님은 참 행복한 분이십니다.

부디 행복하시고 그간 내게 베풀어 주신 은혜, 저승에서라도 잊지 않겠습니다. 제발 부탁입니다. 한 사람 두 사람 말이 건너다 보면 세상사람 다 알게 되고 제자들의 귀에도 들어가지 않겠습니까? 40년 가까운 교직 생활을 하면서 명예와 자존심 하나로 버텨 왔습니다. 또 아들놈 체면은 뭐가 되겠습니까?

김 여사님, 제 마음 이해가 가시지요? 그냥 이대로 유서 한 장 없이 죽으면 신병을 비관해 죽었거나, 먼저 간 마나님을 못 잊어 하다가 결국 따라갔구나 하거나, 복에 겨운 영감탱이가 망령이 나 아파트 베란다에서 떨어져 죽은 줄로 알겠지요.

김 여사님, 개만도 못한 이 박정팔이 먼저 갑니다. 부디 몸 건강하시고 못다한 우리 인연은 저승에서라도 이어갔으면 좋겠습니다. 그럼 전화 끊습니다. 비밀만은 꼭 지켜 주십시오.

마흔일곱에 죽다

정 교장의 나이는 예순다섯 살에서 멈췄다. 더 정확히 말하자면 예순다섯 살부터는 나이를 거꾸로 세기 시작해서 마흔일곱에 멈추었다고 해야 정확할 것이다. 어떤 사람들은 그가 여든셋에 객사했다고 수군거렸으나 그는 마흔일곱에 죽음을 선택한 것이었다.

호랑이 선생이라고도 불리고, 짠돌이라고도 불린 정 교장은 정년퇴임 여섯 달을 남긴 시점부터 수첩에 날짜별로 빼곡히 사람들의 이름을 적어 놓고 그들을 차례로 불러 술을 사기 시작했다. 교감, 교장 시절은 물론 장학사나 장학관 시절에 함께 근무했던 동료나 선후배들을 직장별로 나누어 술자리를 마련했다. 그뿐만 아니라 근무했던 학교나 교육청의 행정 직원들 중에서도 가까이 지낸 사람들도 어김없이 불러내 소주잔을 기울였다. 아내는 건강을 염려

하여 자제를 당부했지만 기분 좋게 마시는 술은 보약이라며 늘 싱글벙글 술에 취해 귀가했다.

첫째 둘째로 정 교장의 초대를 받은 사람들은 누구나 의혹의 눈길을 보냈다. 말년에 누구 군기 잡을 일 있냐는 반응이나, 짠돌이 교장이 무슨 황소 뒷발에 로또라도 당첨된 것 아니냐는 반응은 그래도 그럴싸한 면이라도 있었다. 뭐 교육감이나 교육위원 출마를 염두에 둔 정치적 술수 아니냐는 의혹이 나온 것도 사실이었다. 어떤 이들은 그 양반답지 않게 외로움을 타는 것이 아니냐, 전별금을 염두에 둔 것이 아니겠냐, 혹 알코올 중독된 것이 아니냐며 십인십색의 해석을 내놓는 듯했다.

그러나 싱겁게도 이유는 딱 하나였다. 헤어지기 섭섭하니 술이나 한잔 하자는 것이었다. 잔뜩 의구심과 긴장감을 품고 나가서 한두 잔 소주를 기울이며 정 교장의 속마음을 알게 되면 모두들 유쾌하게 술을 마셨다. 소문은 빨랐다. 그 결과 그와 함께 근무했던 사람들은 언제쯤 초대받을까 가슴 설레며 기다리게 되었다.

특히 정 교장과 평소 껄끄럽게 지냈던 사람들일수록 그의 초대를 학수고대했다. 소문을 듣고 먼저 술을 사겠다고 청해 오는 사람들도 있었지만 그는 어느 누구에게도 술을 살 기회를 주지 않았다. 그가 사람들을 불러내는 술집은 그가 평소에 잘 다니던 식당이었기 때문에 주인들과도 안면이 깊은 곳이었다. 으레 예약을 하면서 절대로 다른 사람의 돈을 받아서는 안 된다는 점을 강조했다. 아예 식당에 도착하면 신용카드를 먼저 주인에게 맡겨놓고 계산을 하도록 일러두었다.

이럴 수 있느냐며 술값을 내려 하는 후배들에게 정 교장은 그동안 심하게 일을 부려먹은 것에 대한 사과와, 늙었다고 따돌리지 말고 가끔 불러 달라는 뇌물이니 괘념치 말라며 한사코 술값 계산을 허락하지 않았다. 아무래도 죽을 때가 돼서야 철이 나는 모양이니 너그럽게 봐달라고 너스레를 떨기도 했다.

식당도 순번제로 돌아가며 들렀다. 초대하는 사람들의 취향을 고려하기도 했다. 그가 찾는 식당은 평소 술친구들과 자주 들러 음식 맛을 인정해 둔 집들이었다. 정 교장에게는 이름하여 '음주 5분 대기조'라는 술친구들이 있다. 마흔서넛부터 마음이 맞는 고향 친구들과 만든 모임이었다. 누구든 맛있는 식당을 새롭게 알게 되면 이 5분 대기조 친구들을 불러 맛을 감별케 하여 단골집으로 정할 것인지 퇴짜를 놓을 것인지를 결정했다. 때로는 인터넷을 뒤져 새 집을 찾기도 했다. 5분 대기조 멤버들은 스무 해 남짓 어울려 다니며 식도락을 했으니 맛에는 달인의 경지에 이르렀다. 그러니 정 교장이 식당을 골라 초대를 하면 모두가 그의 입맛에 탄복할 수밖에 없었다.

그러나 결코 비싼 집을 찾지는 않았다. 그동안 비싼 집을 찾아가

먹지 않은 것은 아니지만 그때마다 5분 대기조 친구들이 정 교장에게 음식 값을 지불할 기회를 주지 않았다. 사업을 하는 친구들인지라 선생이 무슨 돈이 있느냐며 한사코 자신들이 음식 값을 부담했다. 정 교장은 그저 허름하지만 맛깔스런 집을 골라 술을 살 기회를 얻었을 뿐이었다.

정년퇴임까지 정 교장이 사람들을 불러내어 술을 산 식당들을 재미삼아 한번 꼽아 보면 첫째로 강서구 발산동에 있는 한 홍어 삼합집이라는 데가 있다. 그는 전라도 출신도 아니면서 홍어 요리를 무척 좋아해서 서울에서 내로라하는 홍어 요릿집을 꽤 섭렵했다. 그러나 그의 입맛을 만족시킨 곳은 없었다. 몇 군데 소문났다고 하는 집을 다니며 시식한 결과 그는 서울의 모든 홍어집 맛은 발효 정도가 오십보백보라는 결론을 내렸다. 입천장이 벗겨질 정도로 삭힌 홍어는 어디에도 없었다. 흑산도 홍어를 파는 곳은 우선 비싸서 갈 수가 없어 그가 내린 결론에 문제가 없는 것은 아니었지만 흑산도 홍어라 한들 믿을 수가 없었다. 하긴 홍어를 너무 좋아하여 흑산도 홍어를 싹쓸이해 가는 바람에 그 값을 천정부지로 올려놓았다는 어느 대통령의 식탁에도 가짜 흑산도 홍어가 올랐다가 주방장이 치도곤을 당했다는 항간의 소문이 있는 것을 생각하면 아예 그놈 맛을 보는 것은 포기하는 것이 낫기도 했다.

그런데 이 발산동 삼합집에는 다른 식당과 달리 홍어전이 나왔다. 그 홍어전이 제대로 쏘는 맛을 내주어서 가끔 입천장까지 벗겨 주는 바람에 단골집이 되었다. 거기다가 이 집의 반찬은 오래 묵힌 것들이 많아서 깊은 맛을 지니고 있었다.

두 번째 역시 강서구 신월동의 한 시장 안에 있는 무안낙지 집이 었다. 초대한 사람들에게 옛 오팔팔 버스 종점으로 나오라고 하면 전화 받는 목소리부터 요즘 애들 말로 뻘쭘해졌다. 오팔팔이라는 것이 풍기는 인상부터가 그런 데다가 허구 많은 동네 중에 서울의 중심에서도 한참 벗어난 웬 신월동이냐는 것일 게다. 이 뻘쭘해하는 기분은 약속 장소에서 만나 식당을 찾아가는 시장통 길을 따라 걷는 내내 계속되어서 투덜대기 일쑤였다. 이젠 이 양반이 술 사느라 돈이 다 떨어진 것이 아닌가 의심하는 사람조차 있었다. 이런 생각은 식당에 도착하면 아예 정 교장의 주머니 사정에 측은지심까지 보내는 사람도 있을 정도였다.

그러나 이 낙지 집 대표 메뉴인 연포탕을 시켜놓고 기다리는 동안 일명 '탕탕이'라 불리는 '낙지다짐' 맛을 보면 좌중 모두가 정 교장의 식도락에 혀를 내두를 수밖에 없다. 산낙지 두어 마리를 도마 위에 올려놓고 인정사정 볼 것 없이 탕탕 다진 뒤에 마늘과 청양고추를 넣고 참기름과 계란 노른자를 섞어 비벼내는 것이 낙지다짐이다. 짭조름한 바다 내음이 입 안에 가득 맴돌며 쫄깃쫄깃 씹히는 낙지탕탕이 맛에 술꾼들은 연신 감탄사를 내뱉는다.

초대받은 사람들의 뻘쭘해하던 표정이 희희낙락으로 바뀌어 낙지다짐 한 접시를 마파람에 게눈 감추듯 하면 정 교장은 얼른 "한 접시 더!"를 외친다.

이 두 집 말고도 숱한 사람들이 마포의 곱창집으로, 양남동의 보신탕집으로, 영등포의 강구물횟집, 논현동의 갈매기살집 등으로 불려 나와 정 교장과 헤어지기 섭섭한 술잔을 주고받고는 참으로 기분 좋게 귀가하는 영광을 누렸다.

이런 정 교장이 정년퇴임 열일곱 해 만에 죽음을 선택한 것이었다. 남들은 여든셋에 객사했다고 했지만, 그는 마흔아홉에 흔쾌히 죽음을 선택한 것이었다.

아무튼 정 교장은 세월이 흘러 정년퇴임을 맞았다. 교원공제회로부터 받은 30여 년간의 적립금 - 이 돈에 대해서 아내는 전혀 몰랐다 - 은 그동안 술을 사는 데 어지간히 들어갔고, 다달이 나오는 연금은 아내와 절반씩 나누기로 합의를 보았다. 아내의 반대가 있기는 했으나 저승까지 가는 데 드는 노자로 쓸 터이니 당신 혼자 독차지할 생각 말라는 정 교장의 설득에 쉬 수긍했다.

정 교장이 저승까지 가는 길은 멀고도 험했다. 그러나 그 길은 스스로 선택한 길이었다. 그 길에는 늘 카메라가 동행했다. 퇴임 전부터 그는 문화센터를 들락거리며 사진 촬영 기초부터 차근차근

배워 나갔다. 주말이면 문화센터 수강생들과 어울려 전국 각지로 촬영을 다니기도 했지만 그 장소나 주제가 그 나물에 그 밥이었다.

몇 해 동호인들과 출사를 다니다가 그 나물에 그 밥에 지쳐 정 교장은 혼자서 다니기 시작했다. 여럿이 몰려다니면 성가신 게 하나둘이 아니었다. 자신의 작품 세계에 빠져들지를 못했고 정해진 시간에 정해진 코스를 돌다가 돌아와야 했기 때문이었다.

그는 사람을 찾아 나서기를 좋아했다. 어느 해에는 일 년 내내 전국의 장터를 뒤지고 다니며 좌판을 펴고 장사하는 할머니들의 모습만 담아 오는가 하면, 또 어느 해에는 스님들 얼굴에만 집착하기도 했다.

다달이 나오는 정 교장 몫의 연금은 카메라 장비 구입과 출사 비용으로 다 쓰였다. 고가의 카메라를 구입하는 데는 연금으로 부족하여 아내 몰래 마련한 비자금을 털어낼 수밖에 없기도 했다. 늘 사업자금이 달리는 아들 녀석이 눈치를 보내기는 하였으나 시치미를 떼고 모른 체했다. 매정한 애비라고 아내에게 핀잔을 들을 때마다 스스로 해결하도록 내버려두라고 잘라 말하곤 했다. 대신 자식에게 손을 벌리진 않겠다고, 절대로 짐이 되진 않겠다고 다짐을 했다.

늙은이가 혼자 다니다 무슨 사고라도 당하면 어쩔 것이냐며 집에서 성화를 댔지만 그의 고집을 꺾지는 못했다. 내 좋은 일 하다가 죽으면 그것으로 족하다는 것이 정 교장의 일관된 주장이었다. 마치 어디 좋은 자리 보아 죽으러 나다니는 사람 같다는 아내의 핀잔에 병수발 받으며 골골 사는 것보다 그게 더 낫지 않느냐며 한 해에 절반은 방방곡곡 떠돌이 생활을 했다. 결국 아내가 할 수 있는 일은 며느리를 시켜 늙은 영감에게 손녀딸처럼 목걸이를 걸어 주는 일밖에 없었다.

```
SEOUL, KOREA
JUNG DUK-JAE
TEL. (82)2-2646-XXXX
Passport NO. YP00XXXXX
Blood Type : B-
```

정 교장은 반백 년 만에 군번표를 새로 얻었다며 흔쾌히 걸고 다녔다. 며느리가 이렇게 영어로 된 인식표를 만들어 준 데는 시아버지의 떠돌이 활동 반경이 해외에까지 뻗었기 때문이었다. 며느리는 농담 삼아 아버님 여행비면 아범의 사업에 큰 도움이 되겠다고 눙쳐도 보았으나 되돌아오는 시아버지의 대답은 늘 같은 소리였다.

가르쳐서 결혼시켰으면 그때부터는 혼자 이겨내라. 늙은이가 집구석에 틀어박혀 잔소리 안 하고 병치레 안 하는 것만으로도 큰

복으로 알아라. 너희한테 이만큼 했으니 나는 죽을 때까지 내 삶을 살란다.

그랬다. 정 교장은 집에 붙어 있지를 않았다. 출사를 나가지 않는 날에는 충무로에 나가 사진계의 소식을 듣거나, 이따금 불러 주는 후배나 옛 동료들과 술자리를 가졌다. 충무로에서 그가 즐겨 찾는 곳은 카메라박물관이었다. 골동품 수준의 수백 대 카메라를 진열해 놓고 커피도 팔고 몇 가지 술도 파는 곳인데 사진작가 노릇하며 만난 사람들의 사랑방이었다. 후배들은 하루가 다르게 젊어 가는 그의 건강에 놀라지 않는 사람이 없었다. 퇴임한 지 십 년이 넘었는데도 목소리는 더 우렁찼고, 주량은 당해내는 사람이 없을 정도였다. 모두들 나이를 거꾸로 먹는다고 했다. 이 말에 그는 아예 퇴임하던 해를 전환점으로 하여 나이를 거꾸로 세기 시작해서 누가 물으면 일흔에는 예순, 일흔다섯에는 쉰다섯이라고 했다. 그렇게 말을 해놓고 보니 듣는 사람들도 그렇기도 하겠다고 믿는 사람이 많았다. 당사자인 그 역시 그렇게 믿고 사는 것이었다.

비결을 묻는 지인들에게 들려주는 이야기는 그가 평소에 생활하는 그대로였다.

쉼 없이 걸어라.

정 교장은 국내든 해외든 출사를 나가면 일정이 허락하는 대로 끝없이 걸었다. 느리게 걸을수록 눈에 들어오는 피사체가 많아졌다. 눈앞에 나타나는 물상들과 끊임없이 대화를 나누고, 대화가 길어지면 아예 하루 이틀 묵는 것은 예사였다. 렌즈로 보이는 물상이 마음 안에 들어올 때까지 대화하고 기다리고 지켜보았다.

태국의 북쪽 도시 치앙마이에서도 서너 시간은 더 차를 타고 들어가야 갈 수 있는 고산족 마을에 가서도 그는 소수민족의 살아 있는 얼굴 표정을 얻을 때까지 그들과 함께 숙식하며 열흘 넘게 생활하기도 했다. 라후족의 마을은 해발 2,000미터 이상의 고산지대였다. 차에서 내려 한나절을 걸어 올라갈 수밖에 없는 마을인데도 걸음을 포기하지 않았다.

경계심을 늦추지 않는 마을 사람들과 손짓 발짓으로 대화를 하며 함께 리치를 따기도 했다. 원래 라후족을 비롯한 이곳의 고산족들은 양귀비를 재배하여 마약을 제조해 생계를 유지해 왔는데, 태국 정부의 대대적인 단속으로 리치 농장의 노동자로 변신해서 살아가는 사람들이 많은 곳이다.

한여름 러시아의 바이칼을 찾았을 때도 정 교장은 쉼 없이 걸을 수밖에 없었다. 이르쿠츠크에서 알혼 섬을 가기 위해 절반은 비포장도로인 길을 마이크로 버스에 실려 한나절을 달려가 선착장에 닿았다. 바지선에 오르니 바이칼 호의 석양은 여든의, 아니 쉰둘의 청년 가슴도 설레게 하고도 남았다. 이대로 바이칼에 몸을 던져 죽어도 여한이 없을 듯했다. 아니 그러고 싶어 했다. 그러나 사진에 대한 욕심이 그를 만류했다.

알혼 섬에 도착하자 후지르 마을까지 가는 차편이 없었다. 자동차로도 40분 정도 가야 하는 거리라는데 난감했다. 해는 기울고 선착장에는 민박할 숙소조차 없었다. 더구나 전기 시설이 부족한 그 섬에서 밤을 맞는다는 것은 죽음을 맞는 것이나 다를 바 없었다. 선착장에 있는 구멍가게 여주인에게 "니까다 텔레폰 넘버?"를 연신 외쳐대도 못 알아듣는 것 같았다. 술에 취한 탓이겠지, 러시아 여자들이 술을 즐긴다더니 바로 이렇구나 하며 포기할 때쯤 젊은 아낙이 다가와 알아듣는 체했다.

젊은 아낙의 도움으로 간신히 후지르 마을의 민박집 주인인 니까다와 통화를 했다. 그러나 기다려 보라는 대답뿐 차를 보내겠다는 확답을 받지 못했다. 그럼 걸어갈 테니 차를 보내든지 말든지 마음대로 하라고 외쳐대고 무작정 걷기 시작했다. 곧 밤은 닥쳐왔지만 외길이나 다름없는 길을 달에 의지해 걷노라니 이내 그 호젓한 분위기에 휩싸였다. 정 교장은 목에 걸린 인식표를 다시 한 번 확인했다. 나이 여든에, 아니 쉰 살에 밤이 새도록 통곡을 해도 성에 차지 않을 알혼 섬 대평원에서 생을 마감한다는 것이 얼마나 큰 기쁨인가를 느끼며 걸었다. 그날처럼 아내에게 맡겨놓은 손톱과 발톱, 머리카락이 눈앞에 어른거린 적이 없었다.

러시아로 출사를 간다고 하자 어디서 주워들었는지 병석의 아내는 손톱 발톱과 머리카락을 잘라놓고 가라고 채근을 해댔다. 다른 때 같으면 화를 버럭 낼 만도 했는데 이번만큼은 아내의 요구대로 하고 오기를 잘했다고 생각하며 두 시간 가까이 걸었을 즈음 니까다가 보낸 러시아식 미니버스, 일명 '꿀꿀이차'가 맞은편에서 달려와 "코리아, 미스터 정?" 하며 물었다. 친절한 니까다 덕에 그는 아쉽게도 대평원에서의 죽음을 얻지 못했다.

후지르 마을에 도착해 보니 민박집은 세계 각지에서 모인 젊은이들로 발 디딜 틈이 없었다. 젊은이들은 늙은 한국의 사진작가에게 찬사를 보내며 맥주를 건네기도 하였다. 간단한 저녁을 먹고 종업원의 안내로 찾아간 숙소는 마을의 민가였다. 벅찬 감격으로 올려다본 밤하늘의 별들은 그의 잠을 빼앗아 갈 만큼 쏟아져 내렸다.

알혼 섬의 풍경을 담아 다시 이르쿠츠크로 돌아와 호텔에 들자마자 전화기로 시선이 끌렸다. 그답지 않은 행동이었다. 소식이 없으면 안심하라고 늘 일러두는 사람이었다. 개목걸이가 있으니 어디서 죽든 연락이 오지 않겠냐며 나그네는 그저 돌아오는 날이 귀가하는 날이니 기다리지 말라고 했다. 그런 그도 아내가 걱정이 되었던 모양이다. 큰아들이 아내의 부음을 전했다. 의료사고였다.

베이비부머의
반타작 인생

욕심을 버려라.

　이르쿠츠크에서 아내의 부음을 들은 정 교장은 이튿날 울란바타르를 거쳐 귀국했다. 자식들의 원망을 피할 수 없었다. 먼저 간 아내에게도 미안했다. 그러면서도 팔십을 넘겨 저승으로 갔으니 자신보다 더 행복한 것이라고, 더 무엇을 바라겠냐며 담담해했다. 절대로 병원이나 의사를 상대로 소송을 제기하지 말 것을 엄히 전했다. 아내의 장례를 마치고 오히려 의료사고를 일으킨 수련의를 불러내어 술을 사주며 고의가 아니니 염려할 것 없다며 더욱 열심히 공부하라고 격려를 해주었다. 대신 자신의 주치의가 되어 달라고 부탁을 했고, 의사는 눈물로 답을 대신했다.

　큰아들 영준이를 합석시킨 것은 물론이었다. 집으로 돌아오는 길에 정 교장은 큰아들에게 집착과 욕심을 버리라고 주문했다. 노력을 해도 내게 오지 않는 것은 빨리 버릴수록 마음이 편한 것이니 나이를 먹을수록 버리며 살라고, 제 어미를 잃고 슬퍼하는 아들을 다독여 주었다. 그리고 행여 애비가 어디 오지 여행을 갔다가 살아서 돌아오지 않더라도 슬퍼하지 말고 제 욕심껏 실컷 살다 간 것이라고 축하해 달라고 했다.

　이순을 넘기면서 정 교장은 많은 것을 버리고 간단명료하게 살기로 작정을 했다. 그러기 위해서는 집착을 먼저 버려야 했다. 제일 먼저 버린 것이 정년을 맞을 학교를 선택하는 것이었다. 그는 누구도 가기를 꺼려 하는 소위 D급지 학교를 스스로 선택했다. 인사철이 되면 밤잠을 설쳐 가며 신경을 곤두세우고 여기저기에 줄을 대던 지난날이 생각났다. 더구나 정년을 앞둔 말년 교장들은 다들 A급지 좋은 학교에서 화려하게 정년을 맞고 싶어 했다. 인사 발령이 나는 순간까지 손에 땀을 쥐며 늙은이들이 노심초사하는 모습이 안쓰러웠다.

스스로에게 부끄러웠던 그가 D급지 학교를 선택해 교육청에 발령을 요청하자 담당 국장이 사실이냐, 그렇게 해도 정말 되시겠느냐며 몇 번을 확인했다. 그 학교로 가니 제일 먼저 눈에 들어오는 것이 학생이었다. 함께 근무할 교사나 직원은 둘째였다. 40년 가까운 교직 생활 중 부임한 학교에서 학생이 제일 먼저 눈에 띈 것이 얼마 만인가. 아마도 교직에 첫발을 들여놓던 때 이후 처음인 것 같았다. 아이들만 보고 근무를 했다. 정년을 맞은 학교이다 보니 다음 발령지가 어디일까 하는 걱정이 필요 없었다.

정년퇴임을 하는 날, 정 교장은 학교 상조회에서 저녁 식대를 내겠다는 것을 극구 말렸다. 더구나 퇴임 전 초대를 받아 저녁 술자리를 함께한 교직원들은 염치가 없다며 그의 제안을 거절했지만 고집을 꺾을 수가 없었다. 자식들이 내겠다는 것도 꾸지람으로 거절했다. 이유는 간단했다. 부끄럽기도 하고 자축도 하고 싶다고 했다. 무슨 큰 뜻이 있어 교직에 들어온 것도 아닌 자신이 40년이나 벌어먹었으면 됐지 무슨 얼굴로 나가는 날까지 얻어먹겠냐는 것이 그의 고집이었으며 못난 사람이 정년을 맞아 해방이 되어 기쁘기도 하다는 이유라고 했다.

정 교장은 퇴임을 하자마자 재산부터 정리했다. 죽는 날까지 꼭 쥐고 있어야 자식들에게 무시당하지 않는다고 선배들과 친구들이 극구 말렸지만, 만일 그렇게 된다면 그것도 내 팔자니 어쩌겠냐며 고집대로 밀어붙였다. 자식들에게 다 넘겨주고 작은 아파트 하나를 장만하여 부부가 함께 살아왔다. 그러다가 여든을 몇 해 앞둔 아내가 거동하기 힘들어하자 아들네로 보내 놓고는, 누구에게도 짐이 되어 살기 싫다며 혼자 조석을 끓여 먹었다.

돈이 모이면 해외로 출사를 떠나 돈이 떨어지면 돌아왔다. 돌아와서는 사진을 정리하여 출판을 했다. 그가 욕심을 부리는 것은 사진집과 카메라였다. 작은 아파트 거실에는 온통 카메라를 진열해 놓은 장식장뿐이었다. 출사를 나가지 않으면 카메라들을 꺼내 조작법을 다시 익히고 닦는 것이 일과였다.

그런 그가 어느 날 카메라를 모두 충무로에서 카메라박물관을 하는 후배에게 넘겼다. 아내가 저승으로 먼저 간 지 한 해가 지나서였다. 힘도 달리는 데다 찍을 만큼 찍었으니 이젠 사진에서도 손을 놓겠다는 것이었다.

그리고 그는 훌쩍 빈손 여행을 떠났다. 칠채운남七彩雲南이라는 중국의 운남성이었다. 카메라를 내버린 정 교장은 여행사의 패키지 상품을 따라갔다. 다시 티베트의 설산을 보고 싶어 했지만 늙었다는 이유로 여행사에서 받아주지를 않았다. 그래서 대신 택한 곳이 만년설을 볼 수 있는 운남성인 것이었다. 한겨울에도 꽃이 피는 곳, 중국 내에서 소수민족이 가장 많이 사는 곳이다. 그는 소수민족의 삶에서 유년의 아픔과 기쁨을 함께 맛보기를 좋아했다. 물질적 가난과 정신적 풍요가 공존하던 시절. 소수민족들에게는 그것이 아직 남아 있었다.

여강麗江을 거쳐 해발 5,596미터인 옥룡설산玉龍雪山을 가는 날, 정 교장은 가슴이 뛰었다. 아침 일찍 숙소에서 일어나 여명 속에 올려다본 만년설의 옥룡설산. 아직 누구에게도 정상을 허락하지 않았다는 처녀봉이 아침 햇살에 붉게 물들어 있었다. 아침식사를 마친 뒤 가이드는 주의사항을 자세히 전달했다. 절대 무리하지 말 것과 산소통과 고산병 약을 반드시 지참하라고 강조했다. 그리고 60세 이상 노인들은 해발 4,506미터의 빙천공원氷泉公園 코스는 가지 말고 해발 3,300미터의 운삼평雲三坪으로 가라고 권했다.

정 교장은 가이드를 설득하여 빙천공원 코스를 택했다. 가이드는 누구 죽일 일이 있냐며 한사코 말렸으나 정 교장은 몽블랑, 융플

라우, 라싸, 무스탕 등을 여행했던 이야기를 하며 자신의 육체 나이는 마흔일곱이라고 너스레를 떨며 고집을 꺾지 않았다. 마침내 어떤 책임도 묻지 않겠다는 각서까지 써주며 여든셋의 늙은이, 아니 마흔일곱의 젊은이는 가이드를 이겨내고 그가 건네준 산소통 두 개와 홍경천 다섯 알을 가지고 빙천공원행 전용 버스에 올라탔다. 일행의 걱정스런 눈빛을 의식하며 정 교장은 건장하게 생긴 40대 젊은이 김 사장 옆자리에 동승했다.

케이블카로 갈아타고 빙천공원에 내리자 동승했던 김 사장의 얼굴이 순간 붉어지기 시작하며 그대로 바닥에 쓰러졌다. 머리를 감싸쥔 그에게 정 교장은 산소통을 건넸다. 김 사장은 젊음만 믿고 산소통을 준비하지 않은 탓이었다. 산소통 하나가 금방 동이 나자 정 교장은 아무 거리낌 없이 두 번째 산소통을 건넸다. 김 사장의 얼굴색이 돌아오자 정 교장은 그의 등을 두드려 주고 200미터 앞의 전망대를 향해 발걸음을 내디뎠다. 어찔했지만 견딜 만했다. 눈앞에 펼쳐진 옥룡설산의 연봉들을 올려다보는 순간 정 교장은 그대로 난간을 잡고 쓰러졌다.

곤명 일대의 현지 여행사들은 발칵 뒤집혔다. 가이드의 무리한 안내가 노인을 죽게 만들었으니 벌금도 벌금이려니와 막 늘어나기 시작한 한국 관광객들의 감소를 걱정했다. 우선 장례 문제가 시급했다. 인식표의 전화번호를 찾아 서울로 연락을 취하니 정 교장의 큰아들 영준이와 작은아들 영식이가 한국의 여행사 사장과 바로 곤명으로 들어왔다. 가이드는 사시나무 떨듯 정 교장의 아들들을 병원 영안실에서 맞았다.

영준은 눈물로 범벅이 된 가이드의 손을 잡고 병원 근처 식당으로 갔다. 술잔을 건네며 마치 아들을 다독이듯 가이드의 손을 잡았다.

"장군, 걱정하지 말게. 그냥 자네 할아버님께서 돌아가셨다고 생각하게. 또 그 할아버님은 스스로 죽음을 선택했다고 믿게나. 할아버님은 늘 죽음을 준비하셨다네. 삶에 대한 아무런 집착도 없이 사셨던 거지. 아마도 옥룡설산을 당신의 명당으로 선택하셨는지도 몰라. 늘 그러셨거든. 내 죽은 곳이 내가 묻힐 곳이라 생각하라고. 참 애썼네. 젊은 나이에 얼마나 놀랐나? 노인께서 자신의 죽음을 선택하느라 젊은 자네를 놀라게 네. 아무 걱정 말게. 아버님의 시신은 화장으로 모신 뒤 옥룡설산에 뿌려 드리겠네. 아마 산신이 되실지도 모르니 자네가 늘 이곳에서 사는 날까지 지켜봐 드리게."

우리 시대의 죽비 소리

이경재

숭실대 국문과 교수, 문학평론가

1. 미니픽션이라는 그릇

AI(인공지능) 시대라 일컬어지는 지금, 인간의 서사적 욕망을 담아내는 유력한 그릇 중의 하나로 급부상하고 있는 것이 바로 미니픽션이다. 이전과는 비교할 수도 없이 빨라진 세상의 속도와 리듬을 담아내기에 촌철살인의 미학이 숨쉬는 미니픽션은 안성맞춤인 것이다.

작가 이진훈은 현재 한국미니픽션작가회 회장으로서, 미니픽션계를 대표하는 문인이다. 그의 작품집 《베이비부머의 반타작 인생》은 그가 작품으로서도 한국의 미니픽션을 대표하는 문인임을 증명하기에 모자람이 없는 36편의 이야기를 담고 있다. 미니픽션의 핵심적인 특징은 그 짧은 분량 안에 삶의 진실을 드러내면서도 읽는 재미를 주는 압축미와 날카로움에 있을 것이다.

이러한 촌철살인의 미학은 평범한 단어에서 깊은 사고나 흥미로운 유희의 가능성을 발견하는 것을 통해 드러나고는 한다. 〈사·과·드·립·니·다〉는 돈 잘 쓰고 사람 좋은 이형우 과장이 홈페이지에 올린 "사과드립니다-이형우"(125쪽)라는 글의 제목에 등장하는 사과를 놓고 벌어지는 해프닝을 그리고 있다. 이형우 과장은 사과謝過를 하고자 했지만 사람들은 사과砂果를 받고자 하기에 해프닝이 발생한다. 〈될성부르지 못한 나무〉는 수계식에서 큰스님이 "과음하지 않겠습니까?"(135쪽)라고 묻는 말 때문에 벌어지는 아내와 남편의 신경전이 코믹하게 그려져 있다. 〈Naked Party〉도 naked party, 즉 "패션쇼 마지막 날 그동안 달고 다니던 명찰(ID CARD)을 떼고 하는 파티"(140쪽)를 '벌거벗고 질탕하게 노는 파티'로 오해해서 발생하는 해프닝이 등장한다. 〈불난 집〉에서도 장사가 너무나 잘 되어서 매일 불난다는 것을, 실제로 화재가 발생했다고 오해했다는 언어 유희가 등장한다.

이러한 언어 유희 외에도 하나의 일상적 장면을 통해서 한국 사회의 특징이 선명하게 드러나기도 한다. 〈한다복韓多福 선생의 다복기多福記〉가 그 예로서, 선생님인 한다복은 교통사고를 당하지만 운 좋게도 모든 가족이 무사한 복을 누린다. 이런 한다복에게 사람들은 각자의 신앙에 따라 하나님, 부처님, 삼신할머니, 조상님 등의 덕이라고 이야기한다. 다종교 사회인 한국의 현실을 유머러스하게 드러낸 작품이라고 할 수 있다. 언어에 대한 예민한 의식, 일상을 응시하는 날카로운 시선이 어우러져 짧지만 예리한 이진훈식 미니픽션이 완성되는 것이다.

2. 엄격한 도덕적 지향

모두 36편의 미니픽션이 수록된 이진훈의 《베이비부머의 반타작 인생》에서 가장 두드러지는 특징은 선명하다 못해 단호하기까지 한 도덕적 태도이다. 선자필흥 악자필망善者必興 惡子必亡, 권선징악勸善懲惡의 단순하면서도 명쾌한 도덕 원칙이 이 소설집을 꿰뚫고 있다.

〈기쁜 나의 저승길〉은 어려운 환경에서도 성실하게 노력한 이는 크게 흥하고, 일시적인 성공에 도취해 방탕한 삶을 사는 자는 망한다는 이분법을 선명하게 보여준다. 두 명의 일식요리사가 등장하는데, 그중의 한 명인 김복만 노인은 옛날 북창동 칼잽이로 이름을 떨쳤지만 지금은 가족들로부터도 버림받고 혼자 힘겹게 살아가고 있다. 그도 떵떵거리던 젊은 시절이 있었지만 오만함과 게으름으로 모든 것을 잃어버린 채 "지하방에서 혼자 죽어 썩어문드러지는 것이 아닌가"를 가장 두려워하며 조금씩 죽어 간다. 이와 달리 또 한 명의 요리사는 열네 살에 식당에 들어와 열심히 노력한 결과 기부한 액수가 수십억 원이 넘을 정도로 성공한 삶을 살고 있다. 지금은 식당을 운영해서 얻는 이익을 모두 이웃돕기에 쓸 정도로 도덕적으로도 훌륭하다. 둘의 삶이 이렇게 확연하게 갈라진 이유는 "나는 젊어 흥청망청하다가 늙어 혼자 되고, 정 사장 자네는 젊어 혼자 이 식당에 갇혀 일벌레로 살다가 많은 이웃을 얻었구만"(45쪽)이라는 문장 속에 압축되어 있다.

〈강 건너 파라다이스〉는 조기축구회에 빠져 술타령이나 하며 가정을 돌보지 않다가 결국 아내들마저 잘못된 길로 빠지는 비극적 상황을 그리고 있다. 〈사람이 그립다 4-진주 목걸이〉는 이혼을 요구하는 아내를 달래기 위해 중국 여행을 가서 진주 목걸이까지 선물했지만, 결국 진심이 아니기에 실패하고 마는 이야기를 담고 있다.

설령 불행이 다가오지 않더라도 잘못된 삶을 살아가는 이들에게 작가는 준열한 비판의 시각을 보여준다. 〈박 의원님 주례사主禮史〉는 박 의원이 엄청남 사장의 주례를 네 번이나 서주는 이야기이다. 그때마다 박 의원은 거짓으로 가득 찬 온갖 미사여구를 늘어놓는데, 이 모습은 비루해 보일 정도이다. 〈휴대전화가 없어서 행복하다고?〉는 농협 교양 강좌에 세 시간이나 늦게 와서 사람들을 애먹인 소설가가 라디오에 나와서, 휴대전화가 없어서 "나 혼자만의 시간에 매달릴 수 있어서 좋구"(89쪽)와 같은 말을 하는 파렴치한 모습을 비판하는 소설이다.

이에 반해 자신의 처지에 만족하며 노력하는 이에게는 반드시 따뜻한 보답이 돌아온다. 〈돌아온 몸짱〉에서 "뚱뚱보"(47쪽) 최감량은 모 방송국의 목숨을 건 '다이어트 100일 작전'에 참가하여, 살을 뺀 후에 가정의 행복을 되찾는다는 내용이다.

특히 작가가 중요하게 생각하는 것은 참고 견디는 인내의 자세이다. 〈반띵 협약〉의 주인공은 편한 군대 생활을 원하는 아들의 청을 단호하게 거부한다. 이후에도 결혼을 하거나 무슨 일로 돈이 필요하면 아들도 필요 자금의 반을 가져오라는 "반띵 협약"(86쪽)까지 맺는 단호한 모습을 보여준다. 〈한 방에 날리다〉에서 '나'는 농구를 하는 조카가 대학교에서도 감독의 폭력에 시달리다가 운동을 그만두겠다고 하자, "야, 이 녀석아! 운동 하면서 감독이나 선배에게 맞는 건 병가지상사인데 그 일로 지금까지 쌓아놓은 탑을 무너뜨려?"(127쪽)라고 충고하는 문제적 모습까지 보여준다. 〈하루 세 끼가 꿀맛입니다〉의 사형수는 "스님, 제가 그동안 모은 영치금 모두를 제 고향 고아원에 보내 주십시오."(102쪽)로 시작되는 편지를 보낸다. 이 편지에는 어떠한 원망도 없이 오직 자신의 죄에 대한 속죄의 마음만이 가득하며, 이를 통해 사형수는 마음의 평화를 얻었다고 볼 수 있다.

〈언제든 돌아갈 자신이 있다〉는 1956년생 "중학교 문턱은커녕 초등학교 졸업도 제대로 못한"(106쪽) 동갑내기 친구가 자살을 시도하자, 병문안을 다녀온 후 그에게 편지를 쓰는 형식으로 되어 있다. 김포 "깡촌"(107쪽)에서 태어나 고생하며 살아온 베이비부머 세대의 아픔을 이야기하며 새로운 삶의 의지를 북돋우는 내용으로 되어 있다. "거지나 다를 바 없는 삶을 살아본 우리들이기에 언제든 저 옛날로 다시 돌아가도 꿋꿋이 살아낼 수 있다는 힘이 우리에게 있지 않은가."(112쪽)라고 충고하는 것이다. 〈언제든 돌아갈 자신이 있다〉에서 무엇보다도 주목되는 것은 동갑내기 친구를 부르는 호칭이다. "철민 애비"와 "자네"라고 친구를 부르는데, 이러한 호칭은 수직적인 관계에서 윗사람이 사용하는 것이다. 이러한 당당한 권위는 도덕적으로 우월한 자라는 자기 확신이 있기에 가능한 것이라고 할 수 있다. 이러한 태도는 쩨쩨한 요즘 남정네들과는 달리

당당하다 못해 사납기까지 한 "옛날 수탉"(〈그거 아세요? 나무꾼과 선녀의
뒷이야기〉, 122쪽)의 모습을 연상시킨다.

　주어진 삶을 인내하는 것에 대한 확고한 의미 부여를 생각할 때,
일반 민중들의 삶을 돌보지 않는 당대 지배자들에 대한 비판의식
을 담은 작품인 〈안이토리〉가 수구문 개축 공사에 동원된 일꾼들
이 등장하는 조선 시대를 배경으로 한 것도 충분히 이해할 수 있
게 된다.

3. 아, 그리운 고향이여!

　권선징악의 세계관과 인내의 자세 등은 이제는 사라져가는 전통
농경사회의 핵심적인 삶의 가치관과 연결된다. 작가의 내면의식
에는 농경사회적 정서와 가치관이 중핵으로 자리잡고 있다. 〈구닥
다리 신기술〉에서는 "소를 배터지게 풀 먹이는 일"(147쪽)을 해결하
기 위해서 소에게 물을 잔뜩 먹이는 장면이 등장한다. '나'는 이것
이 신기술이라고 생각하지만, 사실 이 기술은 아버지는 물론이고
옛날 할아버지 적부터 내려온 '구닥다리 신기술'이었음이 암시된
다. 이처럼 누대에 걸쳐 농촌에 터를 잡고 살아오며 길러진 감각이
작가에게는 결정적인 영향력을 발휘한다.

　특히 농경사회적 정서와 가치관은 핏줄을 강조하는 혈연 의식과

가문 의식으로 드러나기도 한다. 〈아버님, 처음 뵙습니다〉는 아버지 얼굴도 못 본 아들이 아버지 무덤을 이장하는 이야기이다. 이때 아버지의 치열과 자신의 치열이 똑같은 것을 발견한 아들은 "어느 날 하늘에서 뚝 떨어졌거나 땅에서 불쑥 솟아오르지 않고 아버님의 혈육임이 분명함을 알았으니 할아버님과 아버님을 모시고 이사 가는 이 길이 어찌 설레고 기쁘지 않겠습니까?"(166~167쪽)라며 감격한다. 〈하굣길〉은 "조상 대대로 서당 훈장을 지낸 집안이니 대를 이어 선생을 해야 한다고 강권"(169쪽)해서 교직에 들어온 주인공이 등장한다. 아들의 등록금을 내주기 위해 초라한 행색으로 중학교 교문에서 기다리는 아버지의 모습이 읽는 이의 가슴을 찡하게 한다.

이러한 혈연 의식은 오늘날과 같이 모든 개인이 낱낱의 개체로 단자화된 세상에서 결코 무시할 수 없는 가치가 있다. 그러나 이러한 핏줄 의식이 다른 집단을 향한 배타적 태도로 이어진다면 그것 역시 문제이다. 다행스럽게도 이번 작품집에서 혈연에 대한 강조는 다른 공동체를 향해 열린 자세를 보여준다는 점에서 배타적 태도를 낳을지도 모른다는 우려로부터 벗어나 있다.

〈사람이 그립다 1-마지막 식사 대접〉에서 문중 벌초를 앞두고 있는 주인공의 어머니는 도배를 하고, 집안사람들에게 대접할 음식도 정성껏 준비할 생각이다. 이런 마음은 아버지의 마지막 유언인 "나 죽거든 조문 오는 사람들 소홀히 대접하지 말라구."(179쪽)와

베이비부머의
반타작 인생

통하는 것으로서, 단순히 '집안사람들'만을 향하는 것은 아니다. 〈늦가을 삽화〉에서도 핏줄을 뛰어넘는 따뜻한 정이 작품을 훈훈하게 적신다. 호성이와 범재는 학교가 파하자마자 물고기를 잡으러 갔다가 교장 선생님을 만나고, 교장 선생님에게 한 양동이 가득 물고기를 잡아서 갖다 드린다. 교장 선생님은 두 명의 제자가 사라진 것을 확인한 후에는, 양동이 가득 펄펄 뛰는 고기를 모두 수청못에 풀어 주고는 낚싯대를 주섬주섬 챙겨 돌아간다. 포근한 정이 물고기라는 자연에까지 확대되고 있다.

〈술조사〉는 가양주家釀酒에 대한 설명이 돋보이는 글로서, 술 이름, 술 제조법, 술 단속의 역사 등이 빼곡하게 등장한다. 이 작품은 삼촌과 조카가 나누는 대화로 되어 있는데, 대화의 내용보다도 대화를 나누는 태도와 분위기야말로 전통사회의 끈끈한 정을 느끼게 한다. 마지막 부분만 옮겨서 그 분위기를 조금 전달하고자 한다.

"외삼촌, 한 잔 더 드릴까요?"
"좋지, 너도 한 잔 더 하려무나. 니 에미 나오면 또 외삼촌한테 무어라 할라. 어린애 데리고 술이나 퍼마시고 주사를 늘어놓는다고." (76쪽)

얼마 전까지만 해도 전통사회의 가치관은 "조상님들께 제사를 올리거나 차례를 모실 때 저잣거리에서 사온 술을 사용하는 것은 죄악이나 다름없었지."(72쪽)라거나 "신을 모시듯 좋은 술을 담가 제주로 올리신 것이지."(72쪽)라는 말에서 알 수 있듯이, 절대적인 성격을 지니는 것이었다. 그러나 "니 에미나 외숙모 모두 할머니의 술맛에 탄복을 하며 즐겨 마시긴 해도 어느 누구 하나 술 담그는 법을 배우려 하지 않는"(75쪽)다는 말처럼, 이미 시효가 지난 일들이다.

전통사회의 가치관이 절대적으로 옳은 것은 아닐 것이다. 자신은 술을 입에도 못 대면서 평생 가양주를 만들며 살아온 어머니의 삶만 생각해 보아도 그 한계는 충분히 이해할 수 있다. 그렇다고 그 전통사회의 가치관이 모두 잘못되었다고 말할 수 있을까? 결코 그렇게 말할 수만은 없다. 지금 이 시대는 모든 것이 이익과 교환의 원리를 중심으로 운영되고, 사람들의 공감과 소통이 힘들어지고 있기 때문이다. 이러한 상황에서는, 살아 있는 자들은 물론이고 살아 있는 자와 죽은 자 사이까지 따뜻하게 이어주는 전통사회의 따뜻한 공동체는 '오래된 미래'로서 하나의 참고 대상이 될 수 있을 것이다.

4. 노인老人에서 노인路人으로

《베이비부머의 반타작 인생》처럼 노인이 소설의 주인공으로 빈번하게 등장하는 소설집도 드물다. 노인에 대한 관심과 애정도 전통사회적 감성에서 비롯된 것이라고 할 수 있다. 전통사회에서 노인은 지혜와 권위의 상징으로서, 한 사회의 중심에 놓여 있는 존재이기 때문이다.

이러한 노인의 모습은 〈반타작〉에서 확인할 수 있다. 김 선생은 평생 교직에 있다가 정년을 하고 축령산으로 내려왔지만, 아직 욕심도 많고 삶의 원리도 모른다. 이러한 김 선생에게 삶의 진리, 즉 농사에서 반타작만을 기대하며 멧돼지와도 사이좋게 지내는 길을 알려주는 것은 축령산의 토박이 박씨 할아버지이다. 〈지공도사地空道士들의 하루〉에서 만 원으로도 소박한 행복을 맘껏 누리는 노인들 역시 나름의 현자賢者들이라고 할 수 있다.

노인을 공경하는 전통사회의 감성이 선명하기에 그 존재만으로도 존경받아 충분한 노인들이 외롭고 서러운 삶을 살 때, 작가의 촉수는 매우 민감하게 반응한다. 그 민감한 촉수는 노인들의 외로움을 간결하지만 가슴 아프게 보여준다. 〈기쁜 나의 저승길〉에서 김복만 노인은 독거노인 도시락 배달 일을 하는데, 그는 일을 하며 "정말 어려운 늙은이들"(41쪽)을 수없이 목격하고, 외롭게 죽어간 주검만도 둘이나 발견한다. 〈아들딸들 보아라〉에서는 사기성이 농후한 것을 알면서도 경로잔치나 온천 무료 관광, 북한예술단 무료 공연장을 열심히 다니는 할머니가 등장한다. 할머니는 "도둑에게 돈 몇 푼 쥐어 주고 말동무하며 밤을 지새우고 싶"(64쪽)어 할 정도이다. 실제로 〈사람이 그립다 2 - 유도자원방래 불역락호有盜自遠方來

不亦樂乎〉에서는 너무나 외롭게 사는 할머니가 도둑과 오랜 벗을 만난 것처럼 대화하는, 웃을 수도 울 수도 없는 장면이 등장한다. 〈사람이 그립다 5 - 5일장 풍경〉은 외로운 덕재 할머니와 민재 할머니가 질경이 판 돈으로 오리고깃집에서 음식을 나누며 외로움을 푼다는 이야기이다. 〈사람이 그립다 6 - 거짓 부고장〉의 박 영감도 아내 먼저 앞세우고 혼자 외롭게 지낸다. 자식들이 모두 성공했지만 "거짓으로라도 내 부고장이나 보내야"(199쪽) 만날 수 있을 거라고 생각할 정도이다.

전통사회의 가치관이 내면화된 작가는 외로움을 넘어 부당한 대우를 받는 노년의 모습에 대해서는 거의 분노에 가까운 모습을 드러낸다. 〈사람이 그립다 7 - 내기 골프〉에는 치매에 걸린 어머니를 누가 모실 것인지를 두고 내기 골프를 치는 비정한 형제들이 등장한다. 〈사람이 그립다 8 - 병술년에는 개가 되고 싶다〉에는 40년 가깝게 교직 생활을 하다 은퇴한 후에, 기르는 개의 밑은 정성스레 닦아 주면서 자신의 팬티는 "눈 찡그리고 코 막고 집게로 집어서"(207쪽) 버렸을 며느리가 서운해서 자살하는 할아버지가 나온다.

그러나 이 땅의 당당한 주인공이어야 할 노인들이 외로움에 허우적거리고 주위의 박대에 괴로워하는 것으로만 시종하는 것은 아니다. 《베이비부머의 반타작 인생》의 대미를 장식하는 〈마흔일곱에 죽다〉는 공동체의 참된 주인공이라고 할 수 있는 노인이 당당하게 삶에 맞서 나가는 모습을 감동적으로 그리고 있다. 그것은 타인에게 기대지 않고 혼자의 힘으로 당당하게 세상과 맞서 나가는 것이다. 작가는 〈프라하에서 새 길에 눈을 뜨다〉에서도 패키지 여행을 갔다가 예기치 않은 일로 혼자 여행을 하게 된 후에, "내가 찾아 나선 길이 내 길이고, 내 길에서 보고 느낀 것이 오래도록 기억에 남"(161쪽)는다는 것을 깨달은 주인공을 통해 홀로서기의 의미를 보여주었다.

〈마흔일곱에 죽다〉의 정 교장은 작가가 추구하는 이상형이라고 할 수 있다. 정 교장은 퇴임을 여섯 달 남긴 시점부터는 자신과 인연이 있는 사람들을 불러내서 술을 사기 시작한다. 퇴임 후에도 카메라를 들고 국내외를 넘나들며 정력적으로 살아간다. 정 교장이 보여주는 노년의 삶은 "쉼 없이 걸어라"(217쪽)와 "욕심을 버려라"(221쪽)라는 말을 스스로 실천하는 과정이기도 하다. 여기에 덧보태 그는 따뜻한 인정을 잃지 않는다. 아내가 의료사고로 죽었을 때도 오히려 수련의를 불러내 "술을 사주며 고의가 아니니 염려할 것 없다며 더욱 열심히 공부하라고 격려를 해"(221쪽) 줄 정도이다.

아내와 사별한 이듬해에 정 교장이 혼자 향한 곳은 중국의 운남성이다. 그곳은 중국 내에서 소수민족이 가장 많이 사는 곳으로, 정 교장은 그곳의 소수민족을 통해 "유년의 아픔과 기쁨"(224쪽) 그리고 "물질적 가난과 정신적 풍요가 공존하던 시절"(224쪽)을 떠올린다. 이 운남성은 작가의 정신과 육체가 형성되었으며, 그가 그토록 이상향으로 떠올리는 전통적인 농촌 공동체의 자취가 고스란히 남겨져 있는 곳이라고 할 수 있다.

끝내 정 교장은 운남성을 죽음의 장소로 선택한다. 주위에서 만류하는 난코스의 여행을 하고, 그 와중에 40대의 김 사장을 돌보다가 목숨을 잃는 것이다. 이러한 정 교장의 죽음은 아들의 말마따나 "스스로 죽음을 선택"(226쪽)한 것이라고 할 수 있다. 이러한 의로운 죽음으로 인해 그는 "산신山神"(226쪽)이라는 숭고한 존재가 된다.

단순히 '늙은 자老人'가 아니라 '쉼 없이 걷는 자路人'가 된 정 교장, 그것을 통해 자신과 타인을 구하고 결국에는 '산신'이라는 숭고한 존재가 된 정 교장. 이러한 모습을 통해 독자들은 작가가 앞으로 펼쳐 보일 삶과 문학을 예견하게 된다. 기본적인 도덕이 쉽게 잊히는 부박한 이 시대에 이진훈 작가처럼 또박또박 인간의 기본적 도리를 설파하는 작가도 드물다. 이것은 유년 시절을 보낸 고향이 가르쳐 준 인륜인 동시에, 수십 년의 교직 생활을 통해 단련된 신념일 것이다.

말이란 기본적으로 맹세의 성격을 갖는다. 《베이비부머의 반타작 인생》에서 선보인 수많은 맹세를 바탕으로 앞으로도 죽비 소리와도 같은 참되고 맑은 소리가 계속 울려 퍼지기를 기대한다.